CLAIRE CASTILLON

Je prends racine

ANNE CARRIÈRE

à Luca

« Un jour, mon prince viendra... »

Blanche-Neige et les sept nains

On ne plaisante pas à mon étage, on ne prend pas de café, on ne se maquille pas aux toilettes, on ne bavasse pas dans les couloirs. Je suis merveilleusement tranquille et, s'il m'arrive de croiser du monde, je crois que mon statut de secrétaire de président dissuade plus qu'il n'émoustille. On me parle avec parcimonie, et je réponds comme dans la cour du collège à ceux qui me proposaient de jouer, appliquant les leçons du catéchisme du mercredi. « Excusez-moi, c'est très gentil, une autre fois peut-être, mais j'ai du travail à midi, je préfère monter mon déjeuner. Bonne journée. »

Je me fais un peu plus exubérante avec Françoise Dubreuil, la directrice du personnel à qui je dois mon ascension. Elle a toujours été extrêmement courtoise, résolue à me faire prendre, comme elle dit, du galon. Et je lui fais confiance, je l'écoute, j'applique ce qu'elle suggère, ça marche, et ça lui fait plaisir, je ne me plains pas. Un jour, je débriderai mes chaussures et descendrai au quatorzième lui demander de me les remettre, je ne sais pas ce qu'elles ont ces chaussures.

Vers sept heures du soir, je rentre chez moi, à pied. Je marche en pensant à ce qui me fera envie pour le dîner et m'arrête à deux ou trois reprises sans me décider tout à fait.

Alors je repars au pas de charge comme si une maison pleine de rires, de biberons et de devoirs m'attendait. Et je retrouve Brutus le chat, gentil matou trouvé sur le bord de ma fenêtre un matin de printemps. Je lui donne son lait, lui raconte ma journée et termine mon récit dans un soupir, pauvre fille, quand tu auras fini d'emmerder ce chat. Je change sa litière, et feuillette au salon des revues de décoration ou de patchwork. Et puis je dîne devant les informations, d'un repas équilibré. Je subis avant mon coucher une à trois fébrilités hâtives entre l'oreiller et le réfrigérateur, crises d'autant plus fortes qu'elles ont été refoulées toute la journée jusqu'à ces heures du soir où plus rien ne m'attend, où pas un homme ne me berce, ne comble de tendresse ce corps trop grand pour moi.

J'ai hésité deux ans à m'inscrire au club de sport de Mac Namar Inc. Ce matin, je suis allée retirer ma carte, munie des photographies d'identité toutes fraîches que j'avais faites en rentrant hier soir chez un vrai photographe, pour ne pas les rater. A la fin du mois, il y a la fête de la société. L'entreprise doit ses bons résultats à l'effort exemplaire de ses collaborateurs et M. Namar, lui-même, est l'instigateur de cette sauterie à l'issue de laquelle un tirage au sort donnera le nom des gagnants de voyages et de places de cinéma.

J'aimerais bien gagner deux places pour le dernier Walt Disney, je poserai mon mercredi après-midi, je mettrai un jean, allez, et j'emmènerai ma filleule, et ensuite on mangera une glace et on se dépêchera de rentrer avant la nuit. Dans le métro que je n'emprunte jamais seule, je l'appellerai Ma chérie, lui expliquerai l'origine des noms des stations, les gens la prendront pour ma fille. Bien sûr, elle me trahira. A un moment, elle dira : « Est-ce que Maman sera là quand on va rentrer ? » Tout le monde me traitera de menteuse, de bonne d'enfants, et je serai humiliée. Des épaules se hausseront, des langues claqueront, il y en aura même, écœurés, qui fermeront les yeux.

« Pressons-nous un peu ou ta maman va s'inquiéter », lui dirai-je de retour à l'air libre, en prenant sa main pour tout lui pardonner, main dure qu'elle arrachera de la mienne en meuglant, je sais traverser seule. Elle se fera écraser, me confiant, par testament, qu'elle me l'aurait bien dit plus tôt, mais que, puisque c'est comme ça, les dessins animés ne sont plus de son âge, je te ferai dire. Et je ressentirai un pincement, infime pression de mon cœur, parce que je n'ai rien fait de mal et que les injustices me tourmentent.

Je ne sais pas comment m'habiller pour la soirée. J'ai appelé ma mère tout à l'heure pour lui raconter, et elle m'a dit qu'elle m'enverrait un petit quelque chose pour que je choisisse un ensemble un peu habillé. « Et pas noir, Gretchen, a-t-elle ajouté, c'est idiot d'acheter du noir, on ne voit pas si tu te changes ou pas. »

Je pense que j'irai voir aux Galeries. Si la gymnastique a fait son effet, je pourrai m'acheter une robe courte, ou bien une jupe volante, comme dans la publicité pour cette eau de parfum où la jeune femme blonde court vers le soleil couchant, à peine vêtue d'une fine combinaison si fluide. J'ai pris rendez-vous chez le coiffeur, qui a ri en disant qu'avec trois semaines d'avance j'étais tranquille, puis j'ai découpé dans un catalogue un chignon que je trouve pas mal. Ce soir, en sortant du bureau, je m'achèterai un vernis à ongles, un beige rosé comme Françoise Dubreuil, enfin Françoise, quoi. Et puis une bague aussi. J'en ai plusieurs, mais pas une comme je voudrais vraiment.

Certains samedis, je cherche une bague. C'est affreux ce détail, je suis consciente de tout, mais je cherche, partout, une belle bague, celle qu'un homme aurait pu m'offrir, un anneau superbe, distingué, brillant, lourd. Je le cherche au doigt des autres, et sur les magazines, dans les boutiques de cadeaux, de fantaisie. Et je rentre avec mon doigt doté d'une petite pierre moche montée sur un anneau trop jaune, trop gris, et je porte ma bague moche, et je me dis que je fais bien de ne pas avoir d'amoureux car il n'a aucun goût.

Au bout d'une semaine, ma bague rejoint les autres dans une bourse en tissu brodée à mes initiales, CV, Cécile Valette, qui enchante ma filleule quand elle fait sa mijaurée devant le miroir du salon. Là, c'est sûr, peut-être vais-je y mettre le prix, mais je l'aurai mon bel anneau et toutes les filles me demanderont si c'est nouveau. Et je dirai : « Oh non ! c'est vieux comme tout, mais je ne le mettais plus. » Ou bien : « Oui, c'est un cadeau. » Ou bien rien, c'est-à-dire la vérité. Je ferai ça plutôt. C'est tout moi. Je dirai : « Vous savez bien que je suis vieille fille. Je me suis promenée seule samedi, j'ai marché jusqu'à la place Vendôme pour faire fondre ce que j'avais avalé la veille. J'ai pénétré dans la boutique devant laquelle aucune femme ne faisait la charmante au bras de son époux, et, comme la vendeuse m'a regardée de haut, j'ai monté de trente mille francs le prix que je voulais mettre, et sacrifié d'un coup l'intégralité de mon Codevi. »

Mon père m'a téléphoné au bureau. C'était à cause de la soirée, Maman l'avait mis au courant. Normalement ils n'appellent jamais au bureau, il ne faudrait pas que je perde ma place.

— Alors tu es invitée à une soirée ? a demandé mon père.

C'est le genre de question qui me déciderait à ne pas y aller, à cette soirée. C'est le genre de question qui laisse entendre, ma vieille, c'est ta dernière chance, et on s'inquiète pour toi. C'est le genre de questions, avec ce ton-là, raconte-moi mais si tu ne veux pas, garde ton jardin secret, c'est le genre de questions, ma grande, qui entraîne une cascade de recommandations. Dors bien la veille pour avoir bonne mine, va chez le coiffeur, je te le payerai. Achète-toi un nouveau rouge à lèvres, un bois de rose, pas un vermillon, hein, je te le paye aussi, ne t'en fais pas pour ça. Comme si ma mise en beauté devait entraîner la ruine de mes parents, dont les deux retraites réunies doivent à peine correspondre au tiers de mon salaire.

Puis Maman a décroché au rez-de-chaussée pour me conseiller de jeter un œil aux Galeries et de profiter de l'occasion pour porter la broche de ma grand-mère. Je l'avais déjà sortie hier soir, et montrée au chat. Et puis je l'avais posée sur ma table de nuit, ébauchant le strip-tease d'une mondaine avant que son homme éteigne la salle de bains pour la rejoindre.

Papa, qui écoutait toujours depuis son bureau, lui a coupé la parole. Maman a déclaré qu'il pourrait attendre, quand même, elle n'était personne dans cette maison, et elle a raccroché. Du rez-de-chaussée, elle criait que même avec un pot de chambre sur la tête, je serais la plus belle. Papa m'a dit :

— Tu as entendu ? Ta mère dit que même avec...

— Je sais, je sais, je l'ai entendue.

C'est pas idiot le pot de chambre d'ailleurs. Un pot de chambre, une belle bague, un sourire, et ma broche épinglée sur la peau de mon cœur. Et ma chair un peu molle, autographe de la crise que j'aurai tout à l'heure.

La vie de couple n'est pas faite pour moi de toute façon. Ces filles de la cantine, leurs bavardages, leurs tourments, je les entends. Moi aussi, j'ai eu un ami qui gâchait nos dimanches en regardant le rugby, et qui se retournait sur d'autres femmes dans la rue. Moi aussi j'ai eu un homme qui voulait faire sa vie avec moi en continuant à vivre ailleurs, et m'offrait de son temps pendant que j'offrais mon tout. J'ai eu les petits bonheurs, les battements de cœur, les agacements. J'ai eu les rêves, chaque fois, les promesses, les mensonges. J'ai menti. J'ai trahi. Moins souvent qu'à leur tour.

Avant ma gymnastique, je descendrai voir Françoise, peut-être sait-elle déjà comment elle s'habillera. Elle pourrait s'inscrire au sport aussi, et nous irions ensemble. Mais je crois qu'elle est déjà abonnée à un club privé où elle joue au tennis avec son mari le week-end. Il y a même une garderie où elle dépose ses cadets pour « souffler relax » une journée.

Je ne sais d'où viennent ces velléités d'amitié, aussitôt éteintes par ce trop-plein d'obligations à respecter pour gagner une amie. Avec quelqu'un comme moi, pour qui il est si peu naturel d'avoir envie tout simplement, en continu, l'amitié est proscrite. J'ai besoin d'être amie avec Françoise à midi douze, mais je sais très bien qu'à deux heures moins le quart je serai de retour à mon étage, et je n'aurai plus envie qu'on me propose un dîner, je ne saurai jamais comment m'habiller, s'il faut prendre une entrée, inviter ou bien embrasser pour remercier.

— Vous avez vu où a lieu la soirée ? m'a demandé Françoise. Au Trafalbar. C'est moderne quand même.

— Et où ça se trouve ?

— Sur les quais. Mon fils y va très souvent. Quand je vais dire ça à mon mari ! Vous avez eu M. Namar ce matin ?

— Bien sûr. Il passe demain à la convention des cadres et repart trois semaines aux Etats-Unis jusqu'à la soirée pour laquelle il rentre, exprès.

— M. Namar au Trafalbar, ça va être drôle hein ?

— Oui, enfin non, je ne sais pas. Je vais à la gym. A plus tard, Françoise.

— On se prend un petit café ce soir en sortant ? Je peux, mes enfants sont à l'étude et c'est Franck qui va les chercher...

— Non, je n'aurai pas le temps ce soir. Demain midi, si vous voulez, on peut déjeuner ensemble.

— D'accord, Cécile.

— Au fait, a-t-elle lancé, en me rattrapant dans le couloir, je crois que la salle de gym est fermée aujourd'hui. La responsable est malade.

Je suis allée au distributeur à gâteaux, j'ai gagné trois cakes et deux Bounty, un paquet de chips, du Coca light, puis je suis remontée au trentième. Je suis entrée dans le bureau de Namar pour y classer le nouveau courrier, en face de ses photos de famille. J'aime bien celle où il est avec son épouse, dans un jardin. Leurs trois enfants sont assis par terre, habillés en vichy, et eux sont debout, au second plan, il la tient par le cou, elle est enceinte et elle le regarde.

Après, j'ai mangé mon déjeuner, assise sur le bord du bureau, tournée vers le panorama. Et j'avais les yeux gonflés, et le cœur un peu gros je crois, sous le Lycra de mon ensemble d'aérobic, que j'avais acheté exprès. Françoise avait oublié de me dire s'il m'allait bien ou pas.

Les jours où je me sens très en forme, je m'accorde un *oléolé*. J'enfile une jupe courte et des vrais talons, à la place de mes souliers de travail, ou bien je noue un foulard dans mes cheveux et me dessine des yeux charbonneux. Ça me prend à la sonnerie du réveil. Brutus vient s'étirer, et je lui dis qu'aujourd'hui Maman va faire un effort. Ça se passe en général à la suite d'un rêve où j'étais vêtue d'une certaine façon et où on m'a regardée.

M. Namar me serre la main. Au début, ça me flattait, mais il fait cela avec tout le monde, c'est sûrement pour qu'on l'aime, Gretchen. Il me demande si tout va bien, me félicite pour la concision de mes comptes rendus et mon efficacité téléphonique. « Peu d'employés, dit-il, mettent tant de cœur à l'ouvrage en l'absence de leur patron. Vous abattez les trois quarts de mon travail. »

Quand je raconte ça à mes parents, ça les

secoue, même effet que mon onze sur dix en conduite pendant mon année de huitième. Ils le disent à leurs amis, mais moins qu'avant. Peu d'entre eux ont encore un jeune fils à marier.

M. Namar m'a dit : « A demain, au téléphone bien sûr. » Et il a ri. Il ne me donne presque aucune indication, je connais mon travail, prendre les appels, traiter moi-même tout ce qui peut être fait sans son aide, écrire ses rapports, ses exposés, ses discours, les lui télécopier, et tout un tas d'autres choses qui ne m'épuisent pas. Comme je ne m'adonne pas aux plaisirs de bureau, aux récréations, aux escapades inter-étages à l'affût de nouvelles, j'ai toujours le temps, je ne suis pas débordée, et s'il m'arrive de l'être, tout s'aplanit le lendemain. Un soir, je suis restée jusqu'à vingt heures, pour guetter la sortie de quelqu'un, qui a quitté Mac Namar Inc l'année dernière. Et j'aurais mieux fait de rentrer à l'heure, car, si je me rappelle bien, il ne m'avait pas proposé de me ramener comme il était tard. Une femme en cheveux l'attendait dans le vent, sur le parvis, et il l'enlaça fièrement, espérant que, pour une fois, je cancanerais peut-être sur ce que j'avais vu. Je me souviens que, ce soir-là, je m'étais commandé un dîner grec et j'avais écouté mon disque de sirtaki rapporté d'un voyage aux Antilles, parce qu'à l'aéroport ils avaient déjà vendu toute la salsa et le meringué. Dans un bain aux huiles essentielles, j'avais bu la bouteille de vin gris, puis allumé la télé, et mangé la boîte de truffes achetée à l'avance pour le Noël du fils de ma concierge, avant les caramels bretons au beurre salé, prévus d'avance aussi, en cas de cadeau à faire, à une amie ou quelque chose comme ça. Le lendemain, je me sentais si mal que j'ai pris un bon petit déjeuner anglais avec des œufs et du jambon pour ne pas risquer de tourner de l'œil. Je suis bien consciente, dans ces cas-là, de ma gémellité monozygote avec le boudin.

Tu devrais te moquer de cette soirée puisque tu es tellement bien toute seule, avec ta grosse bague, ton pouf tunisien, tes babouches et tes plateaux télé.

Je ne pense qu'à ça. Je ne peux pas me situer, je ne suis ni méchante comme les filles de la communication, ni hautaine comme celles de la publicité, ni drôle comme celles du douzième, ni sportive comme celles de la Formule 1, mais comme je ne suis pas vraiment idiote non plus, je ne peux pas me mêler à celles dont tout le monde se moque. Je suis transparente où que je sois. Je sais qu'on ne dit jamais de moi que je suis trop ceci, ou pas assez cela. Un peu réservée peut-être, mais juste ça. Il y a de la délicatesse dans les propos me concernant. Mais je me sens en trop. Tout se passerait parfaitement à l'identique si je n'étais pas là.

Aux Galeries, j'ai trouvé deux modèles, et j'hésite. J'y retournerai demain, à l'heure de la gymnastique. Il y a une robe courte et rouge, portefeuille et légère, elle ressemble à un drap de bain noué au-dessus de la poitrine. L'autre est décolletée devant et dans le dos, elle est assez belle, mais noire. Ça me fait penser que mes chaussures n'iront jamais, il faut que je me trouve de beaux escarpins, et puis un sac un peu drôle. Quelle horreur. Je suis ce dont j'ai horreur, une fille qui fait ce qu'elle peut mais qui peut tellement peu. Je n'ai aucun pouvoir, je n'ai que ma douceur, ma gentillesse, ma transparence, mes complexes, et ma dérision quand par chance elle revient. Sainte Marie, mère de Dieu.

Quand je me vois déambuler aux Galeries et baver d'envie devant les couples hésitants, débattant de leur vaisselle de mariage, quand je me repère, furie, sauvage, essayant des maillots brésiliens, les larmes dans la gorge à cause de ma peau blanche et molle, achetant une peluche au chat en me remémorant combien je suis seule, je me hais. Je sais qu'ainsi je me complais pour me dispenser de vivre. Une voisine de cabine disait à la vendeuse que le pantalon qu'elle allait prendre était superbe et sans histoire. Moi, coincée dans une robe trop petite, dépassant à peine du rideau, je la regardais évoluer. Je voulais rencontrer un pantalon sans histoire, je pensais à sa vie toute simple, logique, sans surprise. Je me disais qu'on devait l'aguicher souvent.

Combien de fois m'est-il arrivé d'entendre un sifflement de jardinier sur mon passage, et d'avoir envie de m'approcher de lui et de l'embrasser, de me presser contre son râteau, de le remercier, et de vérifier s'il pensait vraiment son sifflet.

Avec tout ça, j'ai filé aux Galeries en oubliant presque que j'avais promis à Françoise de déjeuner avec elle. Si. Plus précisément, ma mémoire ne me faisant jamais défaut, et les horaires étant partie intégrante de mon horloge biologique, je me suis demandé si je n'allais pas omettre d'y aller. Tout simplement. Les Galeries, c'était plus important, et mieux.

— Françoise ? C'est Cécile Valette. J'ai oublié notre rendez-vous. Je suis tellement désolée, ça m'est sorti de la tête. Demain ? Peut-on rattraper cela demain ?

— Non, mon petit. Hélas, demain je suis déjà prise. Mais ne vous en faites pas pour aujourd'hui, je suis montée, et ne me suis pas formalisée... Je sais ce que c'est. La vitesse, toujours la vitesse !

— Et sinon je voulais vous demander, Françoise, vous savez si c'est en tenue de soirée, enfin... un peu habillée, la soirée ?

— Quelle soirée ?

— La soirée du 28.

— Oh, écoutez... Oui, je pense, un peu sympa quoi. Pas trop bureau.

— Vous savez ce que vous allez mettre ?

— Je n'y ai pas encore réfléchi...

— Non mais je disais ça juste au cas où vous ayez besoin de conseil, ou... Enfin ça n'a pas d'importance.

— Et vous ? Vous savez ?

— Oh, non ! Je dois dire que je n'y ai pas non plus réfléchi. Il se passera tellement de choses d'ici là. Tellement de choses que j'en oublie même notre déjeuner !

— Tête en l'air ! Il n'y aurait pas un chambardement dans votre vie ? Un petit ami ? J'ai vu votre bague hier, il a du goût, elle est magnifique.

(Elle peut. A quarante mille balles, je suis bien contente qu'on la remarque.)

— Ce sont presque des fiançailles, dites donc, reprend-elle.

— Non. Non pas du tout. C'est un cadeau de... famille.

— Ah ! En tout cas, elle est belle et elle vous va très bien.

— Merci, Françoise. Je vous laisse, j'ai du travail, et excusez-moi encore.

Par exemple, mes caramels au beurre salé rapportés de Bretagne auraient pu faire l'affaire comme cadeau d'excuse, si je ne les avais pas gobés l'autre fois comme un puits sans fond.

tions sur Paris, comme si c'était très différent de Lyon. Je regarde ses mains sur le volant, un peu tachées, solides et douloureuses. Tout en lui est douleur, pourtant ma mère l'aime, il nous aime, il a une retraite à la hauteur de ses espérances, mais depuis que j'ai une belle situation, il craint sans doute que je ne les trouve un peu ratés. Evidemment, il déprécie le tout nouveau portail : « Oh, bien sûr, je l'ai posé moi-même, mais c'est solide, et puis pour ici, ce n'est pas comme à Paris, ça ne brille pas, mais après tout, ce n'est qu'un portail. »

Puis j'aperçois Maman, derrière la fenêtre de la cuisine, les mains dans la salade ou quelque chose comme ça. « Va vite la voir ! » me dit Papa. On ne sait jamais. Si elle rendait son dernier souffle avant que j'aie pu l'embrasser. « Enlevez vos chaussures, j'ai passé la toile ! » crie-t-elle depuis l'évier. J'entre dans la cuisine, elle a tout juste eu le temps de sécher ses mains, qu'elle applique, gelées, sur mes joues rebondies. « Viens vite te laver les mains, ma petite fille. Il est nouveau ce manteau ? Il est très beau.

— Oui, il lui va très bien, dit papa. Qu'est-ce que tu es chic. »

Je monte dans ma chambre. Tout est en ordre, la couverture est faite, on doit se reposer après un voyage. Trois tailles de serviettes m'attendent dans la salle de bains, la petite pour tout de suite, qu'on se passe sur le visage pour en ôter les escarbilles, et dans le pli des oreilles. Je redescends. Maman finit de dresser le couvert et Papa lit le journal dans son fauteuil en velours. Réchauffe-toi près du feu, avant de passer à table. Je ne sais plus qui dit ça.

J'y suis si bien, et tellement mal. Un sentiment lourd et diffus, un mal sournois, rongeur, indépendant, se répand sous mon être. Il est là où je m'assois, là où je remercie, là où je vis. Nous n'avons plus rien à faire ensemble, je gravis la montagne et ils la redescendent déjà. Ils sont passés sur l'autre versant du pic, ils ont disparu. Bien sûr, ils se retournent, mais derrière eux, il y a la roche. Quand à mon tour je passerai sur l'autre versant, ils auront déjà commencé à s'approcher du gouffre. C'est idiot, cette pente, alors qu'on marche avec difficulté. L'année prochaine peut-être. Ils se retourneront et je leur ferai un signe. Pour l'un ce sera la tension, pour l'autre la circulation, les rhumatismes, et puis pour moi, le cœur. Je suis sûre que j'aurai des problèmes de cœur. Je courrai dans la descente pour les rattraper et Papa me criera : « Non, pas dans une descente, tu vas tomber. » Mais je courrai quand même, pour me faire mal et les solliciter. On ne peut pas partir quand son enfant a cassé ses fémurs.

Je sais qu'un jour l'un de mes parents se plaindra de ne plus pouvoir bouger comme avant, et je lui répondrai que ce n'est pas vrai, tu vois bien, tu as fait les courses. Moi, la chair de leur chair, je ne saurai pas trouver plus original, je répéterai ce que dit leur médecin, vous êtes pimpants ! guillerets ! regardez-moi ces gardons ! Je les verrai s'installer au séjour, ils ne monteront plus au premier qu'une fois de temps en temps, s'appuyant l'un sur l'autre, et ce sera leurs vacances. Ils feront escale à mi-parcours. Je gronderai comme tous les enfants du monde, pourquoi tu dis que tu vieillis, enfin, tu as vu comment tu trottes ? On dirait un lièvre.

Papa a déjà commencé à accrocher des poignées, pour plus tard, à la baignoire et à la douche, il a collé de l'antidérapant au pied des *cabinets*.

— Alors, au bureau ? Tout se passe bien ?

— Oui. Très bien. Namar n'est jamais là. Il aime mon travail.

— Monsieur Namar, Gretchen.

— C'est ce que j'ai dit, non ?

— Non. Tu as dit Namar.

— Enfin, Marie, ça n'a pas d'importance... Tu ne crois pas qu'elle a d'autres chats à fouetter que nos leçons de français ?

— Ah oui, ton chat d'ailleurs... Comment va-t-il ?

— Pourquoi tu ne l'as pas amené ?

— Pour deux nuits, vous savez... Il peut rester tout seul.

— Demain, les Leroux viennent déjeuner. On a pensé que tu serais contente...

A chaque fois, ils invitent les Leroux à déjeuner. M. Leroux est préfet et Mme Leroux, épouse de préfet. Mon père était officier de gendarmerie et connaît du beau monde, il m'en fait profiter. Depuis que je leur ai raconté que Namar m'avait emmenée à plusieurs repas d'affaires avec les Allemands dont je maîtrise à peu près la langue, ils se sentent obligés de me montrer qu'ils ont eux aussi leurs civilités. Je ne sais pas pourquoi je leur raconte, ça leur fait tellement plaisir, mais ça me gêne qu'ils veuillent se hisser, comme si, à Paris, dans ma vie, j'évoluais dans de hautes sphères. S'ils savaient.

On mange un poulet, de la purée maison, une salade verte et du fromage, un bon gâteau. On débarrasse. On s'assoit près du feu, je suis analysée, scrutée, mesurée, pesée, si tout va bien photographiée. Papa veut donner un air de fête, un peu de jeunesse à la soirée, alors il met un disque. Une fois sur deux, ça tombe sur celui qui était déjà dedans la dernière fois que je suis venue, Serge Reggiani ou Léo Ferré. Mais au moins, là-bas, je ne mange pas une deuxième fois. Je suis désespérée, mon cafard me ronge, mais je suis au chaud, si profondément exténuée par la lourdeur de mes battements de cœur que jamais il ne me vient à l'idée de retourner à la cuisine tremper mes doigts dans la crème fraîche.

— Je sais que tu fais attention à ta ligne, mais prends un petit chocolat. La mairie les a offerts à ton père. Ça vaut le coup d'avoir soixante ans !

— Enfin, ne la force pas, dit Papa. Ils sont sûrement moins bons que ceux que lui offrent les clients, hein ?

Je prends un escargot et je le mets dans ma bouche et je découvre la saveur d'un chocolat, un seul, goûté par un palais tranquille.

— Tu te souviens Maman, dit Papa... Ce chanteur qu'on avait vu dans le train ?

— Le banc public là ?

— Non, le train.

— Oui, c'est ce que je dis... Les amoureux du banc public.

— Mais non. Ça, c'est Brel.

— Et depuis quand c'est Brel le banc public ?

— De toute façon, ce n'était pas lui. Souviens-toi, nous l'avions croisé, tu m'avais dit : « Est-ce que, par hasard, ce ne serait pas... » Brun, avec les cheveux un peu longs.

— Marc Lama ?
— Mais non...
— Je ne vois pas.
Et moi je leur dis :
— C'est Aznavour que vous avez croisé. Vous me l'avez déjà raconté, je crois. Comme il donnait un concert à Lyon, vous avez ensuite pris des places pour aller le voir. *A piédibus*, parce que ce n'était pas trop loin de la maison, et que vous n'auriez jamais trouvé de place pour vous garer.
— *Pedibus cum jambis*, Gretchen, corrige Maman.

Sur la commode, il y a la photo de mes vingt ans. Découpée soigneusement par l'un des deux, je ne saurais dire lequel, l'idée doit venir de l'un et la confection de l'autre. Je suis souriante, dans le jardin, en maillot de bain et paréo, je souffle sur une tarte aux fraises qu'une main me tend. La main, enfin les doigts, surtout celui avec l'alliance, appartiennent à Jean, un gentil veuf qui m'a aimée, jusqu'à ce que mes parents m'apprennent entre deux sanglots qu'il n'était pas tout à fait veuf, que sa femme était même l'institutrice de douzième de l'école communale, celle qui ne fut jamais ma maîtresse, mais qui ne rechignait pas à s'accroupir devant moi.
Ils ont pris sur eux de le quitter pour moi. C'est juste avant cet événement que j'ai pensé

que mon cas était désespéré. Mes parents s'étaient convaincus que ce quinquagénaire veuf valait mieux que pas de mari du tout. C'est bizarre.

Moi, je me souviens que nous nous sommes rencontrés à une brocante où j'errais comme une âme en peine entre les couples en goguette. Il s'était présenté : Jean Flaque. Nous avions bu un verre, et je lui avais dit qu'il portait le même nom qu'une institutrice de ma petite école. Je me souviens très bien. Je gigotais dans une robe blanche et j'étais toute mince, ferme, un peu triste, mais rêveuse. Je lui avais dit que je prenais toujours les coïncidences pour des signes.

Ça y est, j'ai choisi la rouge. Je me suis dit qu'acheter du noir, encore, ça ne valait pas le coup. En plus, la rouge était un peu plus chère, donc mieux.

Je l'enfile chaque soir depuis une semaine, et je l'aime de moins en moins. Hier j'ai fait tomber du yaourt entre mes seins. J'ai mis de l'eau, ça a fait une auréole. Alors j'ai eu une crise, ni un *oléolé* ni un lit frigidaire, mais j'ai pris le reste de yaourt et je l'ai craché vingt-huit fois, en disant à Brutus que, puisque c'était comme ça, j'allais auréoler toute la robe. Puis je l'ai jetée par terre et j'ai sauté dessus jusqu'à ce que mes règles descendent, c'était l'heure. Comme se demande Maman, les rares fois où on parle entre filles, pourquoi diable je m'abîme la constitution en continuant à prendre la pilule alors que je n'ai personne dans ma vie. Elle fait bien de me le rappeler.

Il faut que j'achète la noire. C'est évident. De toute façon, si je veux porter la broche, le rouge n'ira pas. La broche représente une barrière de champ, en or jaune, au sommet de laquelle chante un rouge-gorge dont le cou est un rubis. Enfin je dis qu'il chante, mais ça n'a jamais été prouvé. Et le rubis sur le rouge n'a plus aucun éclat. Alors que sur le noir ça pourrait faire un peu, comment dirais-je, luxueux, un peu tatata, un peu imposant, star.

Pour le moment, je dois emmener le chat pour son vaccin. J'ai réussi à avoir un rendez-vous après le travail. Ce vieux vétérinaire est consciencieux, je ne peux pas arriver en retard. L'exactitude m'a été transfusée et, contre ce ridicule pincement de ventre dès que je n'ai pas mon quart d'heure d'avance, je ne peux rien. Je prends froid au pied de mon immeuble si quelqu'un doit passer me prendre, je pointe un quart d'heure plus tôt, même à l'heure du déjeuner. Je m'endors avant d'avoir sommeil, je mange avant d'avoir faim, et me réveille avant que ça sonne. J'embrasse avant de m'essuyer, aime avant de haïr. Il n'y a qu'en intensité que je me laisse distancer. Et puis ma montre retarde, alors que ma tête avance, seulement pour les horaires.

Ce n'est pas le Dr Desplanques qui ouvre la cage de Brutus. C'est M. Oliveri. Maxime Oliveri. M. Desplanques est souffrant, il a pris un associé. Et moi je regarde par la fenêtre pour fabriquer des bêtes avec les nuages du ciel, je me sens poète. Je vais bien.

Je m'assois. Le chat est sur la table d'examen, Maxime Oliveri le pique, je manque tourner de l'œil. Jamais, je dis bien jamais, je n'ai éprouvé un sentiment si fort pour un homme, jamais. « C'est un gentil matou, Brutus », dit-il avant de le remettre dans sa boîte. Je baisse la tête, signe un chèque, remercie. Déjà il me tend la main, je la serre et je sors.

Dehors, je me précipite sur la glace sans tain du côté caisse de l'épicerie arabe qui jouxte la clinique. C'est bien ce que je craignais, il y a de l'humidité dans l'air, j'ai les cheveux crépus et l'œil morne.

Arrivée à la maison, je sors Brutus de sa boîte, et lui écarte le poil pour regarder la trace de la piqûre. Je le renifle, c'est un gentil matou, Brutus.

J'aime Maxime Oliveri.

Et une bouchée pour Maxime Oliveri, une bouchée pour Brutus, et une bouchée pour Cécile, et une bouchée pour Maxime Oliveri. C'est Hiroshima sur mon plateau-repas. On dit que l'amour fait maigrir, alors je m'en fous, je peux manger ce que je veux. Le tout, comme ils disent, c'est de le faire sans l'ombre d'un sentiment de culpabilité.

« Tu sais, j'ai un nouveau vétérinaire », ai-je dit à Maman.

Sur le coup, elle n'a rien rétorqué, mais en le répétant à Papa, elle a dû penser que, si j'avais pris soin de préciser ce détail, c'était pour une raison particulière. Peut-être est-ce Papa lui-même qui a avancé l'hypothèse du béguin.

— Allô, c'est Papa... Je ne te dérange pas ? Tu es seule dans le bureau ?

Parce qu'on a un code. Si M. Namar est là, je réponds : « Oui, merci beaucoup, je vous recontacterai. »

— Oui, je suis seule, il est aux Etats-Unis.

— Bon. Quoi qu'il en soit, ne parlons pas trop, tu es peut-être sur écoute.

— Non mais ça va pas, non ? Qui ça peut intéresser d'écouter nos conversations ?

— On ne sait jamais. Tu es tout de même la collaboratrice la plus proche du président. Ça se sait.

— Il a des centaines de collaborateurs plus proches que moi. Moi, je ne m'occupe pas des questions confidentielles.

— Oui et d'ailleurs, si tu t'en occupais, tu ne me le dirais pas.

— Eh ben voilà.

— Non, mais je dis ça au cas où on écouterait.

— Bon. Papa. Comment vas-tu ?

— Bien, très bien. Alors il paraît que tu as un nouveau vétérinaire ?

Nous y voilà.

— Oui. Enfin, pour Brutus.

— L'autre n'est pas souffrant au moins ?

— Tu t'en fiches, alors pourquoi tu poses la question ?

— Comment ?

— Non, rien.

Quand j'ai raccroché, j'ai enfilé ma tenue de gym et je suis descendue au sous-sol. En arrivant dans les vestiaires, je me suis aperçue que les autres s'y changeaient. Chez Mac Namar Inc, j'étais la seule à avoir osé emprunter l'ascenseur en fuseau d'aérobic.

Nous étions huit. J'ai regardé comment procédaient mes congénères, je me suis placée dans un coin, de sorte que, chaque fois que je tendais le bras, je giflais le mur. Il n'y avait que des femmes. J'en ai reconnu une de la photo et une de l'infirmerie. Je crois même qu'elles ont lorgné ma bague.

On ne peut pas dire que je fasse vraiment plus mal que les autres. Je n'ai aucun aplomb mais je ne suis pas si raide. Pas plus en tout cas que la vendeuse de ma bague à qui j'ai dit que je prenais celle-là plutôt que l'autre qui coûtait dix mille francs de plus, mais, comme j'ai toujours besoin de me disculper, j'ai dit que c'était plus logique de choisir celle-ci parce que j'avais déjà le collier et le bracelet de la même gamme. Avec son air raide de balai bourgeois, elle m'a répondu que ça l'étonnerait, que jusqu'à présent seules les boucles d'oreilles avaient été créées. Et j'ai dit que j'avais confondu avec un autre joaillier ; j'étais tellement gâtée que je me perdais dans mes parures. Et quand je me remémore les minuscules humiliations de ma petite vie médiocre, je pourrais faire le championnat d'aérobic tellement je mets de cœur à l'ouvrage pour expulser ma rage.

Il y a seize ans, je suis tombée amoureuse de Laurent. J'avais quatorze ans et les filles de ma classe l'appelaient Yeux Globuleux. Je ne l'en aimais que davantage. Avec volonté. Comme parfois je rentrais un peu en retard, j'expliquais à mes parents que j'étais avec un ami. Un jour, Maman m'a proposé de ramener Laurent pour goûter, ou de lui demander de venir me chercher à la maison.

On a déjeuné plus tôt pour que tout soit rangé à son arrivée. Papa lisait le journal et regardait la pendule, Maman s'affairait entre la fenêtre et la porte. Quand il a sonné, elle a attendu quatre secondes avant d'ouvrir, j'aurais pu l'entendre les compter. Un, deux, trois, trois un quart, trois et demi, trois trois quarts, quatre. « Laurent je suppose ? »

Lui, il a dit oui. Et du coup il n'a pas pensé à dire bonjour.

Moi je lui ai dit « Salut » sans le regarder parce que j'étais trop rouge et qu'il avait mis son blouson en cuir dont le marron passé lui faisait le teint jaune et laid.

Il a pris de la tarte, il n'arrivait pas à la couper avec le côté de sa fourchette, alors Maman a dit qu'elle l'avait beaucoup trop cuite, et qu'on avait tous intérêt à la manger avec les doigts. Laurent ne disait rien mais c'était mieux parce qu'avec son appareil dentaire, de toute manière, on n'aurait pas compris.

— Et sinon, que font vos parents ? a demandé Papa.

— Concierges, a répondu Laurent.

C'était pour cette raison-là que j'avais décidé de l'aimer toujours. C'est peut-être la seule fois que j'ai tenu tête à mes parents, qui, le soir, tentèrent avec tact et calme de m'expliquer pourquoi il n'était jamais bon de mélanger les couches sociales. Si Laurent avait été noir, je les aurais même traités de racistes, tellement j'étais remontée.

Ces petites batailles menées contre des vainqueurs ne m'ont jamais fait grandir, ni rajeunir. Je n'aurais pas souhaité de deuxième enfance, à cause de l'école, des vaccins, de la nuit, et des dents qui tombent. Elles ne m'ont rien apporté, ou si peu, ces guerres en plastique. Elles ne m'ont rien volé non plus.

A la fin du cours de culture physique, on exécute quelques étirements au sol, il faut se laisser aller, et sentir le bien-être s'épanouir dans son corps. Ce n'est pas désagréable. Ça me transporte dans un monde exquis de volutes et de gouffres. Une main effleurerait à peine ma peau, et je pourrais me laisser aller, une main d'homme, de femme, je ne sais pas, une main de chair qui me cajole, il faut fermer les yeux.

Brutus doit tomber malade. J'ai pensé à lui raser quelques poils sur le dos et à prétexter une pelade pour prendre rendez-vous mais j'ai peur que Maxime Oliveri ne se rende compte de quelque chose. Je voulais dire que Brutus était dérangé, mais ça doit pouvoir se vérifier par palpation. J'ai pensé à ses yeux, je pourrais expliquer que le matin il a les yeux sales et collés mais ce sont deux adjectifs peu flatteurs dans une bouche qui se veut attractive. Alors il faudrait qu'il lambine, qu'il ait les traits tirés, ne joue plus, neurasthénie, anémie. Mais après il va penser que c'est ma faute, que ma mollesse le rend mou. Que raconter ? Je sais bien que dans deux semaines c'est la soirée du 28, mais je sais surtout que demain, c'est la Saint-Valentin. La seule carte que je recevrai proviendra de ma filleule, dont la mère, une cousine, aura eu pitié de ma solitude. « Vu comme Marraine te gâte, tu pourrais être gentille et lui faire un dessin. »

Il y a des personnes à qui j'aimerais savoir raconter n'importe quoi. Mais on glisse facilement vers la démence quand on a une petite vie creuse et qu'on la gonfle. Et puis je n'aime pas le mensonge, je suis médiocre, eh bien, je suis médiocre. Je n'ai pas envie de le devenir davantage en racontant que je sors avec Maxime, un homme très bien, gentil, amoureux, plein d'égards et de classe, généreux. Etre moi, même si je ne suis personne, c'est peut-être la seule chose qui m'empêche de sombrer. Je suis vieille fille, mais vieille fille touchante. Je suis une gentille. Après tout, ce n'est pas si grave.

Ou alors, je m'achète un lapin et je le fais vacciner. Ou un animal bien malade, maltraité, dans une animalerie d'escroc, et j'en prends pour six mois de traitement. Adieu bagues, robes et maquillage... Et alors ? Je n'aime pas trop les lapins.

J'ai appris que, pour la soirée, les salariés pouvaient venir accompagnés de leur conjoint. Autant dire que je vais m'ennuyer. Françoise va danser avec son Franck, les filles de l'aérobic verront que ma bague est indépendante, et même celles de la cantine viendront équipées, certaines d'un faux amoureux pour faire semblant. Je ne vais quand même pas emprunter un cousin. Je suis humiliée. C'est sûr, ils l'ont fait exprès pour que je sois la seule à venir toute seule, et on va me montrer du doigt. Ouh ! ouh ! ouh ! la vieille fille. Ouh ouh ouh ! regardez comme elle a l'air bête. Ouh ouh ouh ! quand on n'a personne, on ne gêne pas les autres en venant, et on reste chez soi. Ouh ouh ouh ! à mon avis, dans les mariages, vous voulez que je vous dise, elle danse avec son frère.

Ouh ouh ouh ! Ce n'est pas le bruit d'une chouette ça ? Ou d'un hibou ? Pour attirer Maxime Oliveri, peut-être est-il bon d'avoir un animal original, qui le change un peu des chiens, chats et petits rongeurs. Je vais attraper un pigeon. C'est bien aussi un pigeon. Et puis je n'ai plus un centime après mes achats compulsifs de ce mois-ci et un hibou ça doit être ruineux. En plus, quand on n'a pas prévu de lui donner de l'amour, avec l'idée de le relâcher dès qu'on aura fait planer le gentil docteur... J'attrape un pigeon, je lui mets un petit anneau à la patte, j'explique qu'il voyage beaucoup, que je viens à peine de le récupérer mais qu'il souffre d'un petit jet-lag, que faire.

Sur la fenêtre de mon salon, j'ai émietté un biscuit, et j'attends, enroulée dans le rideau, il fait froid dehors en février. Au moment où un oiseau se pose, je quitte le rideau et il s'envole. J'émiette un biscuit dans le creux de ma main et je gèle. Un petit oisillon marron, un moineau sans doute, se pose sur le bout de mes doigts, je porte ma main vers l'intérieur, il s'envole dans le salon, et je ferme la fenêtre. J'ai mon missionnaire. Et mon chat.

Brutus est un affreux. Il guette Calimero. Et Calimero émet des bruits, perché sur ma tringle à rideaux. A même fait une fiente sur le tissu provençal. J'enferme Brutus dans son caisson. Je prends une échelle pour attraper Calimero, mais Calimero est un oiseau volant et il me nargue. J'étale des miettes sur la table, je m'assois avec mon *Télé Z*, il ne manquerait plus qu'une toile cirée fleurie à mon intérieur de petite femme, et je le guette. Il pousse des cris apeurés. Quand je l'aurai attrapé, je le mettrai dans une boîte à chaussures, et je descendrai acheter une cage.

Calimero est un cochon. Ce n'est pas permis. Je vais lui apprendre, moi, à envoyer des missiles en crotte. On dirait le fils de Jean Flaque. Quatre mois après notre rupture le nain eut envie de voir la tête de la fille qui avait envoyé ses parents à leur perte. Et ce petit rien, au lieu de me prendre de face, attendit que je passe sous ses fenêtres pour balancer d'en haut une bombe à crottin confectionnée avec soin. Evidemment j'ai levé la tête, je n'aurais pour rien au monde raté une vache en vol. La peau de vache m'a souri.

Je suis descendue acheter un filet à papillons chez l'animalier qui, n'en ayant pas, m'a vendu une épuisette. En ressortant j'ai vu une espèce d'oiseau à cent cinquante francs et je me suis rendu compte que ce n'était pas bien fin d'avoir acheté une épuisette deux fois plus coûteuse. Mais comme j'étais énervée, j'ai pensé à Calimero et je me suis dit « Il va voir ce qu'il va voir ».

D'épuisement, Calimero est tombé dans mon piège. Sans faire exprès, je l'ai cogné avec le bois de l'épuisette.

Et mon petit Calimero est sur le flanc, posé sur du coton dans ma boîte à chaussures.

Je cours chez Maxime Oliveri, à la Clinique des Bleuets, son assistante me fait patienter et il m'accueille. Je pense tellement à Calimero que j'oublie de lui tendre la main. Je le pose sur la table, et je le regarde. Mon Calimero adoré a les yeux ouverts, le corps chaud et tout mou, par moments il dit Cui.

— Je vais essayer de lui bander l'aile. Elle est brisée.

— Brisée ?

— Vous l'avez trouvé sur votre fenêtre ?

— Oui. Pensez-vous que Calimero va mourir ?

— Non. Cali ne mourra pas.

Cali. Il a raison. C'est comme ça que j'aurais dû l'appeler. Calimero c'était trop long. Cali c'est mieux. Je le débaptise. Je le raccourcis d'une coquille. J'aimerais bien qu'on m'abrège parfois. Si on m'écalait, je pèserais moins lourd. Si on me surnommait, ça voudrait dire qu'on m'aime. On arrêterait de me parler en gros. J'aurais droit au détail, à l'intime. Je ne voudrais pas qu'on me surnomme Gretchen par exemple. Ni Chonchon ni Chonchaine. Plutôt Jane, Lili ou Bella. Ce sont de vrais prénoms, ceux-là. Ça-ne-se-peut-pas, Gretchen. Ah d'accord.

Mon Cali est couché. Je soulève la boîte et parle tout doucement pour ne pas l'éveiller. Maxime Oliveri me fait cadeau de la consultation. Il me dit que dans deux semaines mon Cali s'envolera. Je pars.

Mon pauvre Cali à qui j'ai brisé une aile... Je vais l'aimer comme un enfant, j'empêcherai qu'on lui fasse du mal. Je l'emmènerai au bureau, et à l'aérobic. Je le rangerai dans un tiroir et, si Namar arrive, je le fermerai à clef. Je lui réapprendrai tout, à marcher, à voler, à rêver. Petite bête.

J'ai sorti Brutus de sa cage en lui faisant savoir qu'il avait intérêt à se tenir à carreau, puis, enfermée avec Calimero dans ma chambre, j'ai chanté *L'Enfant do* jusqu'à ce qu'il s'apaise.

Au milieu de la nuit, j'ai sursauté. Gretchen. J'avais été si effrayée par la blessure de Cali qu'avant d'aller à la clinique je n'avais pas pensé à retirer la pince crabe qui retenait ma frange en vrac, et j'avais gardé mon pull d'intérieur, mauve, avec Mickey sur une chaise longue dessus. Je suis retombée sur l'oreiller, flagada, le cœur gros, aussi lourd qu'un Cali sur un nid de coton.

Pour la Saint-Valentin, j'ai eu Cali et un bouton d'herpès.

Mes parents m'ont téléphoné pour me demander ce que je faisais ce soir. Je leur ai parlé de Cali. Ils étaient à la fois tout excités parce qu'ils aiment les bêtes et dépités par leur vieille fille. Pauvre Gretchen, soupirerait Maman. J'ai dit que, ce soir, j'enfilerai un jean pour décrotter mon appartement en pensant bien à eux : les linges antipoussière qu'ils m'ont envoyés avec un chèque pour ma mise en beauté du 28 feront sûrement l'affaire, humectés, pour ôter les traces de sale.

Maman m'a dit : « Pas trop de jeans quand même, tu sais ce que j'en pense. » Et Papa : « Laisse-la donc faire ce qu'elle veut. Personne ne la voit quand elle fait son ménage. »

Je ne sais pas ce que ma mère a contre les jeans, les paires de jeans comme elle les nomme. Marie Valette n'en porte pas, à la limite un pantalon de coton pour *être confor-*

table dans les trajets en train, ou en velours pour les grands frimas. Comme Guy. Jamais de jeans, seulement de la flanelle et du velours. D'ailleurs, le jean rend stérile. La preuve.

Allez savoir ce que je me suis mis sur le dos avec ce Cali qui piaille dans sa boîte percée. J'ai quand même découpé une fenêtre rectangulaire que j'ai fermée avec du papier-calque criblé de coups de fourchette. Je suis partie plus tôt ce matin pour marcher lentement et ne pas le secouer pendant le trajet. Il est posé en équilibre sur la corbeille à papier, et j'y pense à chaque fois que je crache un chewing-gum. J'ai trouvé le moyen d'avoir très mal au ventre et moins faim.

Je ne peux pas l'abandonner sans surveillance, alors je sécherai la gym à midi. Mais la robe noire ? Quand vais-je aller acheter ma robe noire ? Bientôt il ne restera plus qu'une grande taille et je flotterai dedans, mais je l'achèterai quand même et je n'aurai plus qu'à me goinfrer pour la remplir d'ici le 28.

Françoise est entrée en trombe, j'ai tenu la corbeille à papier. Elle s'est plantée devant moi, et m'a parlé. C'est là que je me suis vraiment rendu compte que nous étions aussi peu à l'aise pour les mondanités, sauf que, pour une directrice du personnel, c'est plus gênant. Elle m'a dit :

— Voilà, Cécile. Je fais un dîner à la maison demain soir. J'ai invité un couple que nous avons rencontré en Turquie l'année dernière, et un vétérinaire très sympa, c'est un ami de Franck, depuis longtemps... Je crois que vous aimez les bêtes, alors j'ai pensé... Vous savez, il travaille à la Clinique des Bleuets.

— Oui, oui, oui... Attendez voir que je consulte mon cahier de textes... Demain, c'est ça ? Normalement je n'ai rien. Vous pouvez compter sur moi.

J'ai rentré ma joie si profondément pour ne pas exulter devant elle qu'à son départ j'ai sauté sur place, provoquant des ondes sismiques à en faire éclater les vertèbres de Cali. Et j'ai vite téléphoné à Maman pour lui dire que demain j'étais invitée à dîner. Quand je lui ai confié que c'était chez quelqu'un du bureau, elle a voulu savoir si c'était chez M. Namar. Je crois que ce qui leur ferait vraiment plaisir serait que ce soit moi, la figurante sur la photo de son bureau.

Sur une feuille, je note tout ce que je dois penser à faire : coiffeur, épilation, gommage, masque, faire livrer fleurs, préparer mes vêtements ce soir. Une culotte, deux bas, un soutien-gorge, ma jupe rouge, non, ma robe rouge avec la fleur brodée. Mes chaussures rouges.

Je crois si fort aux signes du destin. Demain soir, je dînerai à la même table que Maxime Oliveri, enfin Maxime.

Cali reprend du poil de la bête et Brutus boude derrière la porte de ma chambre. Je m'étire. La caméra cachée filme mon éveil langoureux, solitaire. Je glisse mon poignet entre mes cuisses, respire l'intérieur de la couette, souris, regarde vers la fenêtre. Nous sommes le 15 février et aujourd'hui ma vie bascule. Cali gazouille, je mets la cafetière en marche et fais chauffer l'eau de la douche. Je m'habille, je pars au bureau. Tout est normal, et léger. Jusqu'à ce que tout redevienne tragique et ordinaire, que je sois freinée dans ma course par mille interrogations. Le film se rembobine : ai-je bien fermé la porte de ma chambre, ai-je remis de l'eau à Cali, aurai-je le temps de repasser chez moi ? Et si jamais Françoise me propose de m'emmener directement chez elle ? J'aurais dû prendre mes affaires pour me changer. Je lui dirai que j'ai un rendez-vous de plombier. Ou n'importe quoi.

Je confectionne moi-même le bouquet qui

sera livré. J'y joins une carte de la Mac Namar Inc, avec mon nom et mon grade. Je traverse le hall de la tour comme si elle m'appartenait. Jamais je n'ai marché si droit et si vite. Je fends l'air, on dirait Cali dans deux semaines. Cali le 28. D'ailleurs, après ça, j'arrête les sorties. Deux soirs dans le même mois, ça devient complètement dingue.

Chiche qu'à midi je fiche en l'air le coiffeur d'hier soir et je me fais deux heures d'aérobic ? Oui. Je sortirai plus tôt. Je m'arrangerai chez moi. De toute façon je n'aime pas ma tête, il m'a trop tiré les cheveux, on dirait un casque.

J'ai travaillé toute la matinée en tenue d'aérobic pour penser à y aller. Ça m'a valu une petite frayeur quand Namar a appelé en disant qu'il était à Paris. Il faisait en fait escale à Orly entre deux avions et me chargeait d'envoyer des fleurs à madame, il avait oublié hier.

En descendant au club de gym, j'ai croisé du monde dans l'ascenseur. Il y avait la fille de la photo et une autre qui riait dans son écharpe en disant : « Si je la croise, tu imagines... Je l'ai décommandée hier, ça me faisait trop chier son dîner là... J'ai dit que mon frère était mort. Franck par-ci, Franck par-là, et l'autre con de vétérinaire avec qui elle a déjà essayé de me caser la dernière fois, quelle horreur ! »

En arrivant au moins un, je lui ai dit :

— Je suis désolée pour votre frère. Je vous ai entendue. Vraiment, si je peux faire quelque chose.

C'est horrible de perdre son frère. Je n'en ai pas et c'est tant mieux. Personne ne m'a pris mes jouets, personne n'a aimé mes parents, personne ne les enfermera dans un hospice, personne ne s'opposera à mes choix.

Personne ne dira que je ne lève pas la jambe assez haut. Personne ne dira que je ne fais pas le pont comme il faut. Personne ne dira que mon ensemble d'aérobic, il est moche. Enfin si, ma filleule.

Bien sûr, la gymnastique m'a un peu calmée. Mais ça fait mal ce genre de réflexions. Un mal sourd, poussif, qui frappe au carreau. On m'invite à la place d'une autre, on m'invite parce qu'il n'y a rien d'autre. Je suis sur la touche de l'équipe de ballon prisonnier, balle au prisonnier ? Il y a des personnes comme ça, qui — c'est marqué dans les gènes — serviront à être en trop. Je voudrais me blottir dans les bras de Maman, sans qu'elle me dise : « Allons, Gretchen, ressaisis-toi, on ne se met pas dans un état pareil. » Je voudrais me mettre tout contre Papa sans qu'il jure que ça lui est souvent arrivé ce genre de choses, que ce n'est pas grave, un peu de Reggiani et ça repart. Je ne voudrais pas, par exemple, pendant que j'ai mal, qu'il mette en route le disque. Pour avoir si souvent dormi/ avec ma solitude,/ je m'en suis fait presque une amie, / une douce habitude,/ elle ne me quitte pas d'un pas,/

fidèle comme une ombre,/ elle m'a suivi çà et là/ aux quatre coins du monde.

Je ne voudrais pas que Maman me fasse couler un bain chaud dans lequel je ne pourrais pas glisser à cause de l'antidérapant, ni qu'elle me monte un verre de vin pour qu'on trinque toutes les deux dans le bain. Si je bois, j'ai la langue collée, la voix molle et sale.

Je voudrais avoir un homme avec deux grands bras de koala, sans égard pour les méchants, plein d'amour pour ma tristesse. Pour lui, je redeviendrais belle, je ne laisserais pas aller ce corps, ni ce cerveau. Aujourd'hui, lire m'endort, écouter de l'opéra me fait pleurer, aller au cinéma me rend aigre, regarder du bonheur, acide. Je voudrais redevenir comme avant, discrète, solitaire, mais intriguée par les choses de la vie. Je voudrais ne rien perdre du recul que je croyais avoir sur les êtres.

Ne pas aimer la compagnie, ne pas se forcer, trouver du niais là où le monde voit du sublime, ce n'est pas grave, c'est même bien. Mais trouver tout laid, sans plus savoir pourquoi, c'est pitoyable, et je suis devenue ça.

Je voudrais un homme avec deux jambes, capable de faire les pas que je n'ai plus envie de faire, un homme à mes côtés, tous les 28 du monde. Je voudrais marcher près de la Seine, m'arrêter pour boire du champagne, reprendre la route, acheter des fleurs pour la maison, des fraises pour le dîner, de vieilles affiches de bouquinistes. Nous ferions l'amour le matin, en vrai, en faux, au téléphone, dans les mots et dans les élans. Il me rendrait sauvage, animale, goulue de sa sève de bon diable.

Je voudrais un homme qui m'en demande trop, et gronde lorsque je peste pour rien, un homme qui me frappe si je suis trop niaise, qui m'embrasse lorsque je le fais rire. Un homme qui me trouve jeune et sache que je dis la vérité, un homme en gris pour notre mariage qui me veuille en blanc contre lui. Il m'offrirait un bouquet rond fait de pivoines aux teintes crues, je le porterais contre mon ventre, je saurais comment m'habiller. Il m'apprendra comment manger, je n'aurai plus jamais faim le soir, si j'ai soif ce sera pour en rire, et faim, pour profiter de la vie. Je ne me remplirai plus la panse de lourd, de sucre et d'arachide. J'aurai mes placards bien remplis de mets subtils et délicieux. Plus jamais je n'aurai peur de tout vider un soir de crise. Il sera là, non pour me gêner si je veux le faire, ni pour m'expliquer que c'est mal, mais pour m'ôter l'envie d'y croire. Ça ne me viendra plus à l'esprit.

Je voudrais un homme talentueux, pour m'expliquer où est le beau. Un homme qui me fasse des enfants puis me défende s'ils deviennent vils. Un homme sans femme, orphelin et sans descendance, là, dans ma main, au moment de l'accouchement, une fierté dans la voix et quelques craintes au ventre. Je voudrais qu'il m'épouse encore, chaque 28, et infiniment répète le oui dans toutes les langues. Qu'à soixante ans, l'on se rende compte qu'on a oublié l'essentiel, peut-être nos consentements en Chine, et qu'à pied, jusqu'à la Muraille, on parte les récupérer.

Quand on vient d'apprendre qu'on n'est que bouche-trou, il faut manquer de fierté pour ne pas décliner avec empressement une invitation.

Mais j'ai pensé à Maxime Oliveri, et j'y suis allée. Pas de chance, c'était Desplanques qu'elle avait invité. Le vieux Desplanques et son accident vasculaire, le vieux Desplanques et sa barbe pleine de miettes. Le vieux Desplanques et sa R5 dans laquelle il m'a ramenée.

J'étais arrivée excitée et triste, la première. Le couple de Turquie, Maryse et Jean-Luc, a suivi. Lorsque la sonnette a de nouveau retenti, je savais qui c'était. J'ai senti mon cœur se retourner. Quand Françoise a ouvert et que j'ai vu Desplanques, j'ai retenu un cri et me suis mise à tousser. Il m'a reconnue, m'a tapé dans le dos, a demandé des nouvelles de Brutus. Je lui ai raconté pour Cali. Françoise avait l'air aux anges de nous voir discuter. Quand on a eu fini avec mes petits amis, on a parlé des siens, et puis j'en ai eu assez alors j'ai discuté avec Maryse pour m'énerver davantage. Elle était si bête Maryse, on aurait dit la niaise de la publicité. Dans sa bouche, tout devenait sympa, la Turquie c'était sympa, dans l'avion ils avaient bu c'était sympa, ils avaient rencontré Françoise et Franck qui étaient sympa, moi j'étais drôlement sympa de lui passer le pain, la nappe aussi était sympa, et je ne parle pas du salon qui était très sympa et du vase en terre cuite qui était trop sympa, presque aussi sympa que le curry d'agneau. Après, j'ai parlé avec Jean-Luc, « mon Juanito », disait Maryse, ce qui a d'ailleurs fait qu'au début je n'ai pas compris qu'il s'appelait Jean-Luc, je lui ai demandé s'il venait d'Amérique du Sud : Monrouanito ? C'est ça ? C'est portugais ? brésilien ?

Après avoir remercié Françoise de son dîner sympa, je me suis laissé ramener par Desplanques. Dans la R5, j'ai parlé de Maxime. Soulagé que je me sois entendue avec lui, il m'a dit que c'était quelqu'un de bien, il ne m'a pas fait une seule avance. Quand je suis rentrée chez moi, j'ai mangé du confit de canard à même la boîte de conserve. Jamais je n'avais goûté quelque chose de si sale. La graisse blanche suintait au pourtour de mes lèvres.

Sur mon répondeur, j'avais un message de mes parents : « Tu es sûrement à ton dîner, appelle-nous demain pour nous raconter surtout... Ou ce soir si tu ne rentres pas trop tard, on n'est pas couchés. Il y avait des gens sympa ? N'oublie pas sinon, demain matin avant d'aller au travail, et tu nous dis tout, hein ? Promis ? Tu avais mis ta broche ? »

Certains soirs, je fais bien de rentrer seule. J'aurais eu l'air fin si Maxime était venu passer la nuit « Tu n'as qu'à pas écouter tes messages en public », dira Maman si je lui demande d'éviter ce genre de propos, « je ne sais pas si tu vois comme j'aurais eu l'air con, pardon, bécasse, si je n'avais pas été seule ».

« Gretchen, tu es rentrée seule, donc je ne vois pas où est le problème, et je ne veux pas entendre *con* dans la bouche d'une jeune fille. »

Et moi je serais mauvaise comme tout, et j'expliquerais qu'un répondeur, quand on n'a pas d'ami, c'est seulement pour annoncer les urgences et la mort. Ton père est mort, ta mère est morte. En plus, il aurait entendu ça, Maxime, il m'aurait prise dans ses bras, au moins, et j'aurais pleuré contre lui.

J'ai dit bonsoir à Brutus, puis démaquillé ma sale face. « Beau visage, dit Maman. Visage, Gretchen, pas face, on ne dit pas face. » Je me suis lavé les dents, mais le gras sur les gencives n'a pas voulu partir. J'ai abandonné, j'ai salué Cali, et me suis couchée nue, le poignet entre les cuisses, sans amour, sans caresses. J'ai rêvé que Cali se pendait.

Je me souviens d'un goûter d'anniversaire chez une petite fille de ma classe, où l'on ne m'avait pas offert de gâteau. Quand Maman était venue me chercher, j'avais avoué qu'on ne m'avait pas nourrie. Ça faisait très mal. « Mais tu aurais dû demander. » J'ai répondu qu'on ne m'avait pas proposé. Plus tard, après avoir couiné, c'était trop tard. « Mais on t'a oubliée, Gretchen, c'est tout », a dit Maman en entrant dans une pâtisserie pour m'acheter une part de flan. Depuis, j'ai le flan triste.

Je demande que les choses m'arrivent sans avoir besoin de mendier. Je ne sais pas quel plaisir tirer des événements que j'ai réclamés et qu'on m'a offerts pour être tranquille.

Quand je vois ces femmes miauler pour avoir des cadeaux, des sorties, des vacances superbes avec leur homme, je suis fière de ma solitude. Dans l'ascenseur, j'ai croisé une fille tout à l'heure qui montrait son nouveau sac, et disait que ce soir elle tenterait une première tentative de conciliation, au moins pour que son mari lui en offre la moitié. Déjà, moi, si mon mari m'offre une moitié de sac, je ne lui offre plus que la moitié de mon cul, et d'abord je n'ai pas de mari et, si j'en avais un, ce ne serait pas un rat, pour la bonne raison que je ne l'obligerai jamais à me payer des affaires. Les femmes sont des monstres, c'est pour cela qu'il n'y a plus d'hommes bien.

Je suis mieux seule finalement, avec une bague entière. Je ne suis pas mesquine, moi, quand je me gâte. Ce n'est pas non plus un demi-labeur que j'offre à Namar ni un demi-salaire que je reçois en échange. Il me va très bien mon salaire, pour ce que je fais. Dans l'ascenseur, ça aussi ça y va. Elles passent leur temps entre les étages, avec leur demi-cerveau, à se plaindre de toucher un demi-salaire et que puisque c'est comme ça elles vont faire un mi-temps. Je les verrai moins, tant mieux.

Ce que j'aime chez moi, c'est ma douceur. Mais il ne faut pas me chercher quand même, ne pas m'agacer. Ça m'irrite. Je vais finir par faire comme Françoise Dubreuil, du désordre mental. J'ai mangé des hortensias, nous a-t-elle dit à son dîner, elle voulait demander si elle changeait les assiettes pour le gâteau au chocolat. C'est typique, ça me guette. Si on m'agace, je vais mouliner. Décrépir, je voulais dire. Ce que je mange c'est pour tuer le jour où on n'a rien voulu me donner.

Je vais me concentrer sur Maxime Oliveri. J'y arriverai. Moi aussi je l'aurai mon demi-dîner, avec ma demi-chandelle, ma demi-bouteille de sancerre, mon demi-mal à l'estomac, mon demi-fraisier et mon quart d'amour.

Je devrais calculer le nombre de fois où j'ai acheté une teinture capillaire, décrétant que cette fois était la bonne. Je suis plutôt foncée mais pas vraiment brune. Le noir de jais me fait rêver mais je n'ai pas les yeux bleus, alors j'hésite. « Ça va durcir tes traits », répète Maman, « et puis tu es déjà brune », ajoute Papa. Et moi, je dépéris, dans mon châtain vulgaire, ni brillant, ni soyeux. Je regarde mes fioles, je les ouvre, les sens et les compare en les vidant dans mon évier. Je n'ose pas me les mettre sur la tête. « Tu vas devenir chauve », dit ma mère.

Alors je jette les produits, les vernis à ongles épaissis que j'ai bien dû essayer trente fois avant de les retirer, dépitée, les crèmes amaigrissantes vieillies, les décolorants pour duvets. Il y a des filles qui naissent sans tout ça. Les mêmes qui rêvent de demi-bonheur. Moi j'ai des poils, et des boutons, et des kilos, de la peau d'orange, des cheveux mous, des doigts rongés, des pieds tordus, des genoux cagneux. Et ça fait trente ans que je me bats pour être imberbe, douce et parfaite.

Ça fait trente ans que les moulins s'agitent dans leur vent personnel. Maman veut un portable, mais elle hésite avec un téléphone portatif qui pourrait passer du rez-de-chaussée au premier.

— Ça n'a rien à voir Maman, un portable, c'est pour emporter partout, tu le mets dans ton sac.

— Et un portatif ça rentrerait dans mon sac, Gretchen ?

— Oui, mais ça ne servirait à rien parce qu'au fond du jardin il ne marcherait déjà plus.

— C'est de l'escroquerie ces portables, dit Maman.

— Mais non, Marie, tu n'écoutes pas ce que la petite t'explique. Un portable, c'est différent d'un téléphone sans fil.

— Mais il n'aura pas de fil mon portable au moins ?

— Mais non, Marie...

Oh ! et puis merde, je vais leur répondre. Gardez vos deux téléphones fixes, bientôt vous ne pourrez plus bouger.

Les moulins brassent une eau boueuse perlant par tous mes interstices. La manœuvre est si longue pour changer le sens du vent. J'ai peur du risque, connais trop mes silences, un jour je pourrai devenir folle si personne ne décide de jouer avec ma glaise.

Pourquoi es-tu si seule, Gretchen ? Je pense à mon enfance, mes inventions superbes pour rester dans mon lit, mes crampes à l'estomac sur le trajet le matin, l'impression insupportable qu'on allait me laisser là. Maman et son cartable de copies du lycée, « je suis juste à côté, Gretchen, tu sais bien »... Mais on pouvait me l'arracher vingt fois, Maman, entre la petite école et la grande. On pouvait la bousculer, lui tirer les cheveux, la traîner sur le trottoir, cogner son crâne sur le bord d'une poubelle, la violer dans une classe, la gifler, la taper, la griffer, la brûler, l'étouffer, l'asphyxier, et puis la faire pleurer. Et mon papa, il est officier de gendarmerie, si vous nous faites du mal, vous allez voir. Dès qu'on devait jouer en groupes, je m'enfermais. Les seules poésies que je puisse encore réciter par cœur sont celles des murs, dans les toilettes des grands. J'engloutissais mon petit goûter tout emballé dans son papier d'argent. Dehors, je partageais trop. La grosse moitié pour toi, la moitié de ma moitié restante pour toi, et puis encore une moitié, et puis vas-y, prends tout. C'est bon, je n'ai pas faim. Dans les toilettes, il faisait froid et ça sentait mauvais, mais je n'aurais pas voulu que l'on m'en extraie. J'invitais des petites copines, parfois j'en avais une ou deux, moins hermétiques que d'autres à ma solitude. On jouait dans les toilettes, je leur montrais combien c'était doux, parfois, de se retrouver dans un petit espace à soi. On imaginait, je me souviens, que des cobayes tombaient du ciel, et nous tendions les bras vers le réservoir de la chasse pour accueillir les petits bestiaux. Oh ! Oh ! tout ça rien que pour nous, disais-je à mon amie, tu vois, dans la cour, il n'a jamais plu de bêtes. Elle acquiesçait. Mais je savais bien qu'elle me trahirait un jour, trouverait une amie plus normale à qui elle conterait des vilenies sur mon état mental, mes déficiences. Il y en a sûrement quelques-unes qui ont vérifié, en cachette, si une tribu de cochons d'Inde avait envahi les toilettes. C'est impossible, un cobaye ne vole pas, mais sait-on jamais. D'autres, peut-être, comme j'aimerais, comme ça me toucherait... D'autres peut-être ont écrit dans un devoir d'histoire qu'au temps des premiers hommes, étaient les Gaulois... Ils portaient des chapeaux pointus, rouges, des barbes blanches, et poussaient par paire sur les arbres, des saules pleureurs pour être précise.

Je me souviens de ces formations groupées à l'adolescence, de cette coutume impossible d'adultes nains déambulant ensemble. Les quelques amies que j'aimais se sont prises au jeu. Impossible désormais de les voir en tête à tête, nous marchions toutes ensemble. J'inventais des urgences, des retards, des occupations extérieures, je ne pouvais pas me rendre, comme les autres, au café à la sortie de cours, entre boutonneux agressifs et fragiles. En plus, Maman ne voyait pas l'intérêt de boire un café à dix-huit heures, ça empêchait de dormir le soir. Dans un groupe, il y avait toujours celui qui toussait comme un tuberculeux, une boudeuse, une allumeuse, un sage relâché et un dévergondé peigné. Enfin c'était horrible, alors je rentrais chez moi et je regardais les dessins animés des tout-petits, en mangeant mon goûter dans le fauteuil en velours avec, au ventre, la peur, la haine, la certitude qu'il faudrait y retourner le lendemain.

Je me souviens de cette idée que la classe s'envolait. Je pensais que tous les enfants rêvaient à cette histoire. La classe se soulevait, quittait le sol et partait. On arrêtait l'interrogation, on espérait pouvoir redescendre. Les parents alertés nous regardaient d'en bas, tendant les mains vers nous, envoyant des ficelles. Et nous, leurs cerfs-volants d'amour, aux fenêtres, éberlués, ébahis, nous donnions nos goûters à la maîtresse, pour tout mettre en commun et garder pour plus tard, si jamais, vous voyez, on ne redescendait pas...

Je me souviens des séances chez une orthophoniste pour ne plus téter ma langue, d'un kyste retiré trop tôt alors qu'il serait parti tout seul, d'une amygdale dans un bocal, d'un voyage en Espagne où j'ai goûté les tripes. Je me souviens que je faisais des câlins à mes parents, à l'un, à l'autre, je les mesurais, je leur donnais la même quantité. Mon cœur se tordait pour un rien. La vue de leurs pantoufles alignées, le récit de la mort d'un chien, mon bouquet de pâquerettes dans un verre, la médaille de Papa posée sur la cheminée, et celle de ma Maman ôtée de son cou et posée dans l'écrin. Ses crevasses sous les pouces qui revenaient chaque hiver, et Papa qui fatiguait la salade, tranquillement, en prenant bien garde de ne rien faire déborder.

A Mac Namar Inc, on s'agite. Il y a l'exercice d'incendie. On m'a choisie pour simuler une blessée. Je suis vautrée dans le couloir du trentième. J'ai bien compris mon rôle, je le raconterai au pompier si ça l'intéresse.

Comme on me l'a imposé, j'ai commis une erreur factice : au lieu de me diriger « avec calme et sans aucun effet personnel » vers la cage d'escalier, j'ai couru en criant vers l'ascenseur, ai trouvé porte close, et je suis tombée (à cause des vapeurs de fumée). Je dois être la seule à mettre tant de cœur à l'ouvrage. Je respire par saccades. Je dis Au feu. Je prie. Je m'emmerde. Je tue Maryse mentalement. Elle n'avait qu'à pas m'agacer. Je l'ai croisée dans l'autobus, ce matin, je n'avais pas envie de marcher. Déjà, agressée par une stridulation, j'avais en vain cherché à répondre à un éventuel téléphone portable que je ne possède pas. Plus. J'en ai eu un, pour voir. Mais je l'ai jeté, parce qu'un Jean

Flaque s'en était servi pour appeler son épouse en villégiature. Elle lui manquait au pauvre traître. Je n'ai rien dit. J'ai appris le numéro par cœur, j'ai vomi en le récitant... et j'ai lâché l'appareil dans la cuvette. Je l'ai repêché un peu plus tard et mis à la corbeille sans autre forme de funérailles, les sanglots vides. Remise de mes émotions et abrutie de souvenirs, j'écoutais dans mon baladeur ma cassette d'Aimable et, à l'instant où l'accordéon s'excitait, Maryse a pourri ma liesse en entrant avec son parapluie à tête de canard et son cabas roulant, écossais en plus, la folle. J'ai failli m'étouffer avec ma Vichy. Pastille Vichy, s'il te plaît, Gretchen. Oui, mais là, il s'agit d'étouffement.

D'abord on a fait semblant de ne pas se voir puis on s'est vues. Alors on s'est saluées, on s'est assises à côté. A contrecœur, j'ai ôté mon oreillette et demandé des nouvelles de *Monrouanito*. Maryse partait à un cours de botanique pour apprendre à composer des bouquets, elle m'a proposé de me joindre à elle pour une espèce de réunion Vase où on allait s'échanger des récipients en faisant des présentations florales, et j'ai eu très peur. Une angoisse inouïe. Aussi forte que lorsque Maman montée à Paris fait des pieds et des mains pour prendre le métro et m'oblige systématiquement à me lever trois stations avant l'arrivée, à dire Pardon pardon pardon, et à me coller à la vitre de la porte pendant qu'elle se bouche le nez parce que les voisins sentent un peu. Une angoisse en lame de rasoir, aiguë, vive, et puis le nœud, dans le ventre, dans le vide, qui serre un peu plus fort.

Comme ma destination approchait, je me suis levée pour demander l'arrêt, après avoir promis de l'appeler. J'ai dit : « Je vous appelle Maryse », elle m'a dit : « Ah non, Tu ». J'ai dit : « Tu m'appelles. Enfin pardon, je t'appelle. » Et après, il y a eu un bouchon. J'avais déjà dit au revoir et j'étais debout, accrochée à une poignée ballante, on n'allait pas se reparler. On ne pouvait pas. C'eût été gauche. Donc j'ai regardé de l'autre côté et elle aussi. Ensuite, on a changé : elle regardait sous mon bras levé en passant la langue contre ses dents comme pour ôter une feuille de salade, nonchalamment, et moi par-dessus son épaule, loin, loin. C'était dégoûtant de manger de la laitue au petit déjeuner. J'ai été emportée par le jaillissement vers dehors. Je n'ai pas pu m'empêcher de me retourner pour voir où elle en était avec sa salade. Elle avait le regard bovin de la fille qui va prendre des cours de bouquet. J'étais navrée pour elle.

Mentalement donc, je la tuais. Deux doigts plongés dans ses narines, deux autres au fond de sa gorge, agrippant la feuille de laitue par chaque bout, et déclenchant par l'ingénieux frottement de la feuille, va-et-vient orchestré par le jeu de mes doigts, du nez aux amygdales et vice-versa, une hémorragie du corps entier. Elle n'était que don de sang, j'en avais fait une généreuse. Bouquetière altruiste, son sang remplissait les vases, les fleurs coupées ne mouraient plus. Désormais Maryse était quelque chose comme Dieu.

Et voilà mon pompier. On dirait Maxime. Il me dit : « Ne vous inquiétez pas, je suis là. A présent vous êtes sauvée. »

Je ris parce que c'est drôle.

Il me soulève, et ça me vexe, je sens bien qu'il aurait préféré porter Cali.

Mais il me dit :

— J'ai de la chance de tomber sur une blessée comme vous.

— Ah bon ? Pourquoi ?

— Vous êtes très belle.

— Hein ? Comment ? je veux dire...

— Vous êtes très belle, et s'il n'y avait pas cet exercice inutile, je vous prendrais, là, tout de suite, dans un bureau du fond.

— Ah non, le bureau du fond, c'est celui de M. Namar. Et même si j'ai la clef, je n'ai pas le droit de dire où je la cache.

Flûte. J'ai rêvé. Personne ne vient. Je suis toujours dans le couloir alors que j'ai un exposé à transmettre avant ce soir. Voilà un bel exemple d'injustice : pourquoi, pendant que la société se vide et se répand sur un parvis, suis-je coincée à l'intérieur, seule, seule contre des flammes en faux ? Pourquoi est-ce moi que, tout à l'heure, au debriefing de flammes en faux, on traitera de mauvais exemple alors que j'ai seulement obéi ? Faites exactement comme vous avez fait, descendez tranquillement par l'escalier, et surtout ne faites pas comme Mlle Valette. Et pourquoi le pompier qui m'a narguée il y a deux minutes n'existe-t-il pas ? Pourquoi je ne m'envoie pas en l'air avec lui sur le bureau de mon patron, les cuisses écartées, la jupe par-dessus tête, le cul posé sur le sous-main, les empreintes de mes doigts sur les photos de famille ?

D'ailleurs, pourquoi ne me taperais-je pas Namar ? Tu le veux ton exposé, eh bien, au pied alors. Ouste ! et que ça saute. Namar à quatre pattes sur son sofa de cuir, et moi je le fouette avec des feuilles, je lui fais sucer mes dix doigts, je lui fourre une bouteille dans les fesses, je le défonce et je prends mon pied. Je l'oblige à téléphoner à la douce belle femme de sa vie. Je lui demande de dire Chérie. Il dit Chérie et, moi, je l'encule. Elle parle dans le haut-parleur, bien fort pour être sûre qu'on l'entende. Avec ses deux mains il se branle. Elle lui raconte toute sa journée, les enfants, les courses, la copine, la mère, le frère, la voisine et le réparateur. Les impôts, le fou rire, le petit désir pour quatre heures, mais tu vas vite rentrer maintenant. Il rentrera, mais le cul troué.

Il faut que je me soigne. Je ne peux pas laisser mon corps se ruiner tout seul dans l'humidité de mes désirs. J'ai la charpente à l'abandon, des termites, des vers, des absences. Un pompier, un flic, un sultan, j'exige que le viril lève la charge, je veux devenir un drapeau, pas un rouge avec un gros rond, mais un bleu avec fleur de lys.

José, le très gentil gardien de nuit, vient me délivrer. « C'est fini, mademoiselle Cécile, vous pouvez rejoindre les autres. »

Comme je suis une fille consciencieuse, je suis descendue par l'escalier, trente étages, tranquillement et sans crier. Je suis arrivée, comme prévu, pour la fin du discours du chef de la sécurité.

J'ai croisé Françoise Dubreuil. Elle m'a dit :

— Comment ça va ma petite Cécile ? Oh ! regardez ! vos lacets se sont défaits pendant l'exercice. Faites attention, vous allez tomber.

Je ne sais pas ce qui m'a pris, j'ai répondu :

— Françoise, ça vous ennuierait de me les remettre, s'il vous plaît ?

Quand ça ne va pas, je gomme. C'est moi qui passe les commandes de papeterie. Et je me gâte. Namar vole les enveloppes moyennes, les Bic noirs et bleus, et les rames de papier. Il les emporte chez lui, il attend que je sois sortie et il se sert. Et moi qui compte, je sais qu'il pique. Je m'en fiche éperdument, ça me fait juste rire de voir ce grand dadais chiper des fournitures. Alors je gomme quand je veux. Quand mes parents me téléphonent, je gomme, je gomme le bureau, je gomme mes cuisses, je gomme mes chaussures, je gomme du papier blanc et les poussières de gomme jonchent le sol sous mon siège. Je gomme pour nettoyer ma gomme. J'ai commencé à gommer le dessus des tiroirs roulants, et comme ça blanchit, je n'ai plus le choix, je dois gommer les côtés et la façade. Sinon, mes cheveux vont tomber. Enfin je suis débordée. J'ai même essayé de me gommer les hanches, mais la lourdeur est demeurée. Et la solitude. Et l'ennui. Je pensais pourtant.

J'adore qu'on me félicite. Ça me fait tout chaud. Et Maggie, la prof de gym, m'a dit que je travaillais bien. Si je continue comme ça, je verrai les bienfaits. Je ne lui ai pas avoué qu'après le sport je me sentais si légère que je mangeais sans culpabilité. Je lui ai proposé de prendre un café avec moi, je ne sais pas ce qui m'a pris, en plus elle est d'accord, et je l'attends. Il est dix-huit heures treize, et je la guette sur le parvis. La tour se vide, les gens se séparent, ils sont pressés, ils doivent avoir mal quelque part.

Nous sommes allées au café de l'esplanade. J'ai commandé un café, c'était logique, et elle a pris un verre de vin, alors j'ai changé.

Je me suis renseignée sur l'origine de son prénom. « Maggie ? Parce que je ne m'appelle pas Cécile. » Elle a son humour. Alors je me suis lâchée. J'ai dit : « Ma mère me surnomme Gretchen, pourtant je ne m'appelle ni Greta ni Marguerite. D'ailleurs croyez-vous qu'il y ait des moustiques à l'île Moustique ? » On a trop ri. Elle m'a parlé des Galápagos, j'ai toujours rêvé d'y aller pour voir les otaries à fourrure, et leur faire des câlins. Ravies toutes deux de ce point commun, nous nous sommes quittées en bons termes après nous être promis de remettre ça.

J'ai marché vers mon humble demeure, un peu soûle. J'ai laissé mes pas me guider. Ils ont soudain bifurqué, sans que je ne puisse rien empêcher. Ils m'ont emmenée à la Clinique des Bleuets. Mes pieds sont stupéfiants. J'envie leur indépendance. Ils se sont mis à ralentir, à se serrer l'un contre l'autre, très amoureux, au pied d'un arbre, bien calés derrière une racine. La clinique était éclairée, la fenêtre de la salle d'attente encore basculée. Un break était garé, orné d'un joli caducée. Si je me souviens bien, Desplanques a une R5, Maxime Oliveri possède donc un break, ce qui ne m'étonne guère, j'ai toujours rêvé d'en avoir un aussi.

Mes pieds n'ont plus voulu bouger. Ils s'étaient endormis sur la mousse fraîche entourant l'arbre. J'ai attendu qu'ils se réveillent.

Au bout de vingt minutes, le temps d'une sieste, ils se sont agités. Maxime sortait de la clinique. Mes pieds ont fondu sur lui.

— Bonjour ! Vous allez bien ?

— Oui. Et vous ? C'est drôle de se rencontrer comme ça, ai-je bafouillé.

— Vous habitez dans le coin ?

— Oui, pas très loin...

— L'oiseau va mieux ?

— Oui. Il veut déjà partir. Vous croyez que ce serait bien de le garder dans une cage ?

— Non. Libérez-le. Je sais ce que c'est, mais libérez-le.

— Je le ferai. Où exerciez-vous avant ?

— En Turquie.

— Ah bon ? C'est drôle, justement, l'autre soir j'ai eu un dîner avec des gens qui revenaient de vac...

Imbécile, Gretchen.

— C'est beau la Turquie ?

— C'est beau. On va prendre un verre ? a proposé Maxime.

— Oui.

Mes pieds tout guillerets s'enchevêtraient un peu. Ma préoccupation majeure était de croiser un miroir pour voir à quoi je ressemblais.

Nous sommes entrés dans un bar irlandais. Il a commandé un demi, je me suis dit que décidément ça commençait mal... Et je suis descendue aux toilettes.

J'étais pas mal en fille soûle. J'avais le regard excitant, brumeux, j'étais toute pâle, fraîche, pourtant une sorte de chaleur interne s'exhalait, je ne saurais dire comment. Pour la première fois de ma vie, j'ai compris pourquoi mes parents répétaient que j'étais extraordinaire et que c'était fou de ne pas m'en rendre compte.

— Vous travaillez ?

— Oui. Chez Mac Namar Inc. C'est affreux, n'est-ce pas ?

— Et qu'est-ce que vous faites ?

— Secrétaire. Secrétaire de M. Namar, le président.

— Et vous aimez ?

— Pas du tout. Mais je suis tranquille. Je ne supporte pas les contraintes. Je suis la secrétaire d'un fantôme, il n'est pas là, mais il existe.

— Vous aimeriez faire autre chose ?

— Oui. Vétérinaire, ou... Non ! je plaisante... Danser peut-être...

— Danser ?

— Oui. Mon rêve aurait été d'être danseuse étoile. C'est un peu tard.

— Vous faites quelque chose pour le dîner ?

— Non. Et vous ?

— Non.

Nous sommes allés dans un restaurant champêtre, et avons mangé sur des planches en bois du jambon et toutes sortes de miettes.

— Je n'avais pas remarqué que vous étiez si...

— Oui ?

— Je ne sais pas, si mystérieuse, si jolie. Je vous découvre. Vous êtes en strates. On dirait un millefeuille.

— Un millefeuille ?

— Oui. Qu'est-ce que vous faites cette nuit ? Je peux vous emmener chez moi ? Je voudrais vous faire écouter un peu de jazz.

— Oui.

J'ai acheté la robe noire, je ne l'aime plus. Et puis un sac en velours, une petite bourse délicate. Je ne pense qu'au 28. Pas à cause de la soirée. Parce que c'est le jour où Cali va voler.

Pourtant il m'a souri le matin, en m'emmenant à la tour. Il a arrêté sa voiture au bord d'un trottoir. Je me suis blottie pas loin de sa clavicule. Il m'a souhaité une bonne journée. Je n'ai rien voulu demander, ni insinuer. Je n'ai pas donné mon téléphone, je suis partie peu sûre de moi, je sentais bien l'ombre juste derrière. Au tourniquet de la tour, quand même, je me suis retournée, mais sa voiture était déjà partie.

J'avais eu le temps de me doucher dans sa salle de bains jaune. Il m'avait prêté une brosse à dents, un peigne et du café. J'étais habillée comme la veille, ma petite robe noire un peu volante, mais mon bas droit était filé.

Toute la journée, j'ai espéré qu'il m'appellerait chez Mac Namar Inc, puis toute la soirée chez moi. J'ai baissé le son de la télévision pour ne pas rater la sonnerie. A un moment, ça a sonné. J'ai attendu, quatre secondes, atavisme, et j'ai décroché. C'était

Rosine, la mère de ma filleule. Je l'aurais tuée, je l'aurais mangée pour qu'elle jacasse en moi avec une voix brouillée par l'épaisseur de graisse.

— Cécile, c'est Rosine, je ne te dérange pas ?

— Mais pas du tout. Comment vas-tu ? Et la petite ?

— Tout va pour le mieux. Nous partons tous à la montagne à la fin de la semaine. Bruno est ravi. Il a tellement travaillé ces derniers temps. Il faut dire que les places sont chères, hein ? On n'a plus le temps de souffler que déjà on vous a remplacé. Alors il bûche, il bûche, on dirait Noël, ha ha ha ! D'ailleurs Noël va bien aussi. Il travaille plutôt pas mal. Il a eu douze de moyenne au premier trimestre. Et la moyenne de la classe est de quinze. Le niveau est bon dans son école, ils en renvoient beaucoup mais, au moins, ils ont chaque année cent pour cent de réussite au bac. Et puis il ennuie moins sa sœur. Avant, tu te rappelles, elle te réclamait tout le temps pour que tu la protèges de son vilain grand frère. Maintenant, c'est drôle, elle ne te demande plus. Elle grandit elle aussi, qu'est-ce que tu veux... Comment vont tes parents ? Bruno a eu Guy il y a peu de temps, il avait besoin d'aide, tu sais, on veut lui supprimer les derniers points de son permis. Il a insulté un agent qui l'empêchait de se garer. C'est tout Bruno, quoi ! Et sinon, moi, ça va, je cours, je cours, et toujours l'école, les courses, je n'ai plus une minute à moi. Enfin quand même, j'ai essayé l'institut pas loin de chez toi et j'ai commencé des soins de peau, c'est pas mal. Tu devrais y aller. Et je me suis acheté de la lingerie, Bruno va découvrir tout ça à la montagne, et tu vas voir que ce petit troisième il va me le faire. Je dois te laisser là, j'entends qu'il arrive. Je t'embrasse bien fort hein, et la petite aussi. Tout va bien au fait ?

Je n'ai même pas eu la présence d'esprit de lui demander si ses soutiens-gorge étaient demi-coques, et sa culotte pile ou face.

C'est bizarre qu'il n'appelle pas. Tout s'est bien passé, la nuit a été belle. De ces nuits qu'on goûte par fragments pour ne pas tout prendre d'un coup dans la figure, pour perfuser le bonheur à mesure, le savourer plus longtemps. Du lit, je regardais dehors, à travers le lierre des fenêtres, la nuit était longue, mystérieuse. Il faisait clair dans la chambre, j'ai détaillé toutes ses affaires. Je pourrais réciter le titre de chaque livre, le nombre de pièces de linge sale, la couleur de ses costumes. Je pourrais dire comment il repose, la tête parfaite, abandonnée, sur l'oreiller un peu étroit, les mains rangées loin sous le drap.

Ça a sonné, c'était Maman.

— Comment vas-tu ma petite Gretchen ? J'ai essayé toute la soirée, hier. Mais comme je n'ai plus le droit de laisser de message...

— Tout va bien Maman. Et toi ? Et Papa ?

— Nous nous sommes promenés cet après-midi, et nous avons trouvé de beaux fauteuils de jardin. Tu verras cet été comme on sera bien. Je pense que nous prendrons la table aussi. Ça te fera plaisir de déjeuner dehors ? Elle est assez longue, on doit pouvoir tenir à six. Mais il faudra penser à l'écran total et au chapeau. Je le disais encore à ton père tout à l'heure, dommage qu'on ne trouve plus d'ombrelles. Alors, hier soir, où étais-tu ?

— Dehors.

— Ah oui ? Tu avais un dîner ?

— Oui.

— C'était bien ?

— Très bien.

— Et on peut te demander avec qui ?

— Avec un ami.

— Qui ?

— Oh ! Maman, j'ai pas envie d'en parler. Ça m'énerve. Ne le prends pas mal, à chaque fois, à t'écouter, on dirait que mon cas est tellement désespéré que le premier venu pourrait forcément faire l'affaire. Et je t'imagine, là, avec Papa, à inventer des tas de versions de ma vie. Je n'ai pas envie d'en parler. C'est tout. Tu pourrais comprendre.

— Oh ! a-t-elle dit en riant. Ça doit être sérieux alors... Enfin, tu as raison, Gretchen. Garde tes petits secrets.

Et d'ici, je vois Papa tressaillir au mot « secret ». Assis pas loin d'elle, il écoute. Son cœur bondit lorsqu'il croit entendre que peut-être...

Je ne suis pas fière parce que j'ai été méchante. En ne leur parlant pas assez bien je les ai maltraités, rapetissés, humiliés. Comme d'habitude, ils n'ont rien dit, un soupir peut-être, et encore. J'ai fait la petite chef dans ma vie, ma directrice de personnel, alors que je n'ai rien de personnel.

Le téléphone a encore sonné, à croire qu'on le faisait exprès. Mais c'était une erreur cette fois. Quelqu'un qui s'était trompé de Valette en feuilletant l'annuaire. J'étais donc dans l'annuaire. Bien calée entre deux Cécile. J'ai failli appeler les deux autres, pour savoir si Maxime Oliveri n'avait pas cherché à me parler. Mais elles m'auraient dit non, et je ne voulais pas, ce soir-là, qu'on me refuse encore quelque chose.

Aujourd'hui je vais agir. Quatre jours déjà depuis cette douce nuit, et aucune nouvelle. J'ai passé mon week-end à contempler Brutus, puis Cali, puis mes pieds, et à faire le ménage. J'ai lavé les sanitaires, brossé la moquette à la main, astiqué la porte d'entrée, les poignées, les plinthes, les tiroirs. J'ai ciré les meubles, sorti mon argenterie et, en la récurant, me suis fait les mains noires. Là je me suis dit C'est sûr, il va téléphoner, et je le rejoindrai, les mains sales. Mais j'ai eu le temps de nettoyer les carreaux, de mettre mes rideaux dans la machine, d'arroser le sol du balcon, de laver tous les volets. Et quand enfin ça a sonné, c'était ma filleule, pour dire merci pour les petites moufles que je lui avais déposées pour le ski. « J'en avais déjà des vertes, Marraine, mais elles sont bien quand même. »

Si vraiment je sens que je dérange, je changerai de vétérinaire, je n'irai plus jamais soigner mes bêtes aux Bleuets. Je n'ai rien à perdre, je n'ai rien fait de mal, pas assez de bien peut-être. S'il avait voulu me revoir, bien sûr, il m'aurait contactée, mais si je lui suggère que j'existe, ça peut le troubler. Peut-être pense-t-il aussi que je ne fais rien pour le revoir, croit-il que je suis une fille comme ça ? Et qu'est-ce que c'est qu'une fille comme ça ?

Après tout, je suis une fille qui a mal et qui paye à vie ses éclats de bonheur. Je suis la crampe d'après fou rire, la coulée de lave après l'amour, les courbatures après le sport, la peau sèche après le bain de mer. Rien de ce qui me fut délectable ne perdure dans mon corps en vrac. Tout se transforme en venin terne, et me ronge, et laboure mes cernes.

Quelle honte à dire qu'on aime encore, qu'on a aimé, qu'on aime toujours ? Me prendra-t-il pour une idiote parce que je l'invite à me revoir ? Ou bien pour une grossière andouille qui ne comprend pas qu'elle est jetée ? C'est quand même lui qui m'a invitée, et insisté pour qu'on la boive, cette coupe, avant de visiter l'alcôve.

Et puis, pour être terre à terre, il a poussé quelques beaux râles, profonds, généreux et sincères. Il m'a joui dedans sans états d'âme. Après il m'a serrée très fort, il ne s'est pas replié au loin. Avant de dormir, je crois même qu'il a dit : « C'était bien. »

J'ai dix doigts pour presser des touches, des yeux pour lire un numéro. Que j'ai déjà appris par cœur, pendant que je cirais mes chaussures. Bientôt je le saurai à l'envers. J'ai quatre lignes dans mon bureau, j'ai même le droit d'appeler de la ligne privée de M. Namar. Je peux, si je veux, téléphoner d'un autre bureau. J'ai un éventail de possibilités. Et un éventail avec manche, dans chaque pli duquel ma filleule a dessiné un mot d'amour. Il pend au clou du tableau de liège. Ça le rend terne. On dirait moi.

Je commençais une nouvelle vie il y a quatre jours à peine. Ça ne peut pas en rester là. Il y a des choses qu'on sent.

J'ai déjà été abusée par trop de sourires et de promesses, par des dîners bien arrosés. J'ai eu des aventures parfois, des hommes qui se sont servis de mon corps, mais j'avais toujours la prescience de l'issue. Je savais au fond que je sortais m'aérer, un soir, je savais que je m'ennuierais, me dirais que l'amour, je ne voyais pas ça comme ça. Je savais que ce serait médiocre, qu'il vaudrait mieux en rire. Je n'avais pas vraiment d'amie avec qui en rire, mais, une fois seule, je ne me sentais pas triste. Parfois un peu blessée, jamais pour l'homme perdu, seulement par son départ. Mon flanc penaud avait reçu ce qu'il avait commandé, ses espoirs expiraient, et tout rentrait dans l'ordre.

Il m'est arrivé d'aimer, bien sûr. Jean Flaque, par exemple. Ou Timothée, un garçon de l'université où je n'ai passé que quelques mois avant de rejoindre Paris pour travailler tout de suite, me lancer dans la vie active puisque les études me pesaient. Je ne lui ai jamais parlé, seulement une fois pour dire Pardon parce que je lui passais juste devant. Il n'a pas dit Je vous en prie, mais il ne faut pas que je me formalise toujours pour ça. Je passe mon temps à prier les gens qui s'excusent du bout des dents de recommencer sans problème. Vous savez bien, ça ne me gêne pas, bousculez-moi, j'étais justement là pour ça.

— Oui, excusez-moi de vous déranger, c'est Cécile Valette et j'aurais aimé parler à Maxime...

— Il est absent. Il sera en province toute la semaine. C'est pour Brutus ? Le docteur Desplanques est là si vous voulez.

— Mais où ai-je la tête ? J'avais complètement oublié qu'il partait cette semaine. Ce n'est pas grave. Je rappellerai.

Parfois je ne peux m'empêcher de faire la poule. Je me gobe, me gausse. Mais bien sûr, évidemment ma bonne dame qu'il n'est pas là, suis-je bête, puisque cette nuit encore, en me faisant l'amour, il répétait qu'il partait en province.

Mon rêve serait qu'il m'accompagne à la soirée du 28. Ça me rendrait belle, même attifée de ma robe au yaourt.

Il viendra. Nous arriverons côte à côte. Par discrétion, nous ne nous tiendrons pas la main. Des photographes de Mac Namar Inc me diront Mademoiselle, s'il vous plaît mademoiselle, et je dirai Oh non, puis je poufferai comme une star. Deux jours plus tard, au rez-de-chaussée, entre les huit ascenseurs, il y aura notre photo, partout, partout par dizaines, puisque nous étions les plus beaux. Il me regardera sur la photo. Pas comme celle du bureau de M. Namar. Il me regardera et nous n'aurons pas d'enfants. Tous les invités observeront l'extase, ils n'auront jamais vu encore de nuage de brume rosée flotter autour d'un couple d'amants. La fumée rendra les clichés flous.

Après le dessert, nous danserons, pour répéter notre mariage. Je volerai de table en table avec la grâce d'une fille en blanc, je sourirai aux vieilles et toiserai les plus jeunes avec une infinie bonté. Je prendrai un air compassé pour leur petite vie de crotte. Je regarderai Maxime, lèverai la tête vers lui, la poserai sur son sein, son cœur battra dans mon oreille, j'aurai l'impression d'être dépendante de son air, sa respiration emplira mes poumons. Nous ne ferons qu'un, évidemment.

Nous ferons l'amour chez lui encore, parce que chez lui ce n'est pas comme chez moi, c'est vivant, généreux, il y a une table dans un jardin pour prendre le petit déjeuner, et on étend ses jambes sur des arbres plantés pour ça. Un chien vient tendre sa truffe pour recevoir un baiser, un croûton de pain grillé. S'il pleut, ça n'a pas d'importance, il suffit d'aller s'asseoir à l'intérieur, devant les carreaux de la fenêtre, de se laisser effrayer par l'orage. Je ne sais pas si c'est ma venue qui fait ça, mais, dans la maison de vacances de tous ceux qui m'ont reçue, il y avait toujours un microclimat. C'est ce que je vais lui dire à Maxime. Reçois-moi pour la vie si tu veux inviter du monde et dire que, chez toi, il y a un microclimat.

J'ai gommé le passé, dans les albums, les lettres et les souvenirs. Non pas que j'aie eu tant d'amants, mais ceux que j'ai aimés n'ont pas écrit et ceux qui ont écrit, les mêmes qui m'ont bafouée, sont morts depuis, j'espère.

Je suis prête à déménager. Mes cartons sont remplis. Chaque étagère de placard est garnie d'un carton ouvert. Il n'y a plus qu'à tirer sur le Scotch dont j'ai préparé le rouleau, et à commander un camion. Les fils électriques sont peignés, chacun enroulé sur lui-même, retenu par un fil de fer. Les pieds des meubles sont protégés de papier bulle et les objets fragiles fourrés de papier de soie et couchés sur des linges. Seuls demeurent en l'état, sans camouflage, la caisse de Brutus et la boîte de Cali. Je les emballerai au dernier moment, je ne veux pas les dépayser. Ils ont déjà assez souffert de mes absences répétées de la dernière semaine. Je serai sûrement une mauvaise mère. Sauf si Maxime m'apprend, me montre comment il faut faire pour embrasser sans énerver, exiger la politesse sans devenir marâtre. Il doit savoir ces choses-là.

Je vais l'annoncer à mes parents.

— *Papa, Maman, j'ai quelqu'un, nous nous aimons.*

— *Allez-vous vous marier ?*

— *Qui sait ? Pour le moment nous préférons attendre un peu, mieux se connaître, prendre nos marques. Ce n'est pas simple de savoir tout partager.*

— *Quand on aime, ça devient facile, mon petit.*

— *Si on a confiance, foi en l'autre, tout s'installe dans le bon angle.*

— *Oui, mais nous pensons qu'au départ il vaut mieux s'apprendre, tous les êtres sont si différents.*

— *Ça c'est vrai, d'ailleurs ta mère.*

— *D'ailleurs ton père.*

— *Dis donc, puisque c'est une affaire qui marche, on t'attend toujours début mars, mais avec lui, n'est-ce pas ? Comment fait-on pour les chambres ? On ne voudrait pas changer vos habitudes. Tu ne lui donnes pas la tienne, nous le mettons dans la chambre d'amis ?*

— *Arrête un peu Marie, laisse-les faire leur cuisine. Ils dormiront où ils voudront.*

— *Mais si je demande ça, c'est pour pouvoir préparer la maison. Ou si tu préfères, ma*

Gretchen, on lui donne la chambre du bas, et nous prenons la tienne. Comme tu veux, enfin comme vous voulez. Le tout c'est que je sache à l'avance. D'ailleurs est-ce qu'il aime le mouton ? Je pourrais faire un ragoût. Tu ne sais pas s'il aime le mouton ?

— Non. Je ne sais pas s'il aime le mouton. Je suis quasiment sûre qu'il aime les moutons, il aime toutes les bêtes, mais je ne sais pas s'il mange du mouton.

— Qu'est-ce qu'il aime alors ?

— Les planches.

— Quoi ?

— Oui, les planches avec du jambon et des pains différents, et de la viande de montagne, séchée. Avec des tomates cerise. Et du beurre.

— Mais ce n'est pas un repas, ça. Tu prends de ces habitudes alimentaires, ma petite fille, quand tu es loin de Lyon !

— Oh ! arrête maintenant, la petite a raison, on ne va pas lui faire un ragoût, tu pourrais faire des sandwichs, nous irions pique-niquer dans le champ de coquelicots.

— Et puis quoi encore ? Et depuis quand il est mauvais mon ragoût ? Je fais jeune si c'est ce que vous insinuez, je n'ai pas besoin pour plaire au petit ami de ma fille de m'asseoir dans l'herbe et de me faire mal aux fesses.

— Laisse tomber, Maman, ce n'est pas une bonne idée le champ. Ça me fait penser à un film terrible, j'ai horreur des coquelicots. En

plus, ce n'est même pas vrai que, quand on les fume, après on va bien.

Je vais peut-être attendre encore un peu pour leur dire.

S'ils m'appellent, je raccrocherai, puis je leur écrirai pour dire que ça a coupé. Je résilierai ma ligne pour ne plus avoir à mentir. Au bureau, ils ne me parlent pas de ma vie privée. S'ils s'y mettaient, je prononcerais les mots magiques de notre code. Merci de votre coopération, je vous rappellerai.

Je suis si bien entraînée à expédier *manu militari* les appels personnels que j'ai bien manqué raccrocher au nez de Maxime. Merci de votre coopération, je vous... Maxime ?

— Oui. Je ne vous dérange pas ?

— Pas du tout.

— Je me demandais si, ce soir, vous auriez envie qu'on se voie ?

— Pourquoi ? Enfin je veux dire oui. Où ça ?

— Je peux passer vous prendre à la tour si vous voulez, dès que j'aurai fini mes consultations.

— A quelle heure ?

— Vingt heures ?

— Ça t'ennuie... Ça vous ennuie de passer me prendre chez moi ? Ou sinon, je peux même nous faire un dîner à la maison ?

— D'accord. Vingt heures chez vous.

— Attends, attends, attendez, il y a un code.

Pourquoi l'ai-je invité ? Pourquoi une fille détestant son chez-soi invite-t-elle l'homme qu'elle aime à le partager ? Pour prendre son après-midi. Et puis pourquoi il me vouvoie ? Au cinéma, quand on fait l'amour, après on se tutoie. J'avais répété. Il doit être timide.

Je vais défaire tous les cartons, il ne faudrait pas que ça le panique, acheter du beau tissu pour changer les rideaux, et des jolis draps de bain, rouges, sans C brodé dessus. Je trouverai une musique de fond, au violoncelle ou au piano, ou les deux. Je vais acheter des bougies, des grands chandeliers. Je n'allumerai pas les lampes, nous prendrons feu dans la lumière.

Mon temps est compté, je l'aurais parié. Déjà l'heure du goûter, et j'erre toujours dans le magasin de tissus. Il faut que j'aille chercher le dîner. Comment nourrit-on l'homme qu'on aime ? Je ne sais faire que la dinde au curry, avec du riz, et des raisins secs posés dessus. Et un gâteau au chocolat jamais cuit comme je le lui demande.

A la librairie, j'ai feuilleté un ouvrage de cuisine italienne. Quand la libraire m'a bousculée, observant que j'apprenais par cœur la recette du tiramisu, j'ai été catapultée au pays de la vexation. Je lui ai donc acheté dix livres, la collection intégrale des Saveurs de la Terre. A l'entrée du marché, à côté d'un homme qui voulait des sous, j'ai feuilleté les ouvrages. C'est alors que j'ai eu la confirmation que le chinois, le russe, le japonais, l'espagnol, le portugais, l'américain, l'anglais, l'arabe m'étaient des langues tout à fait étrangères. Le français et l'allemand, accessibles à mon talent, auraient raison de mon dîner. Moi qui rêvais de mets subtils et exotiques, j'allais servir un bœuf miroton et un Schpringzelhaam, parce qu'on ne m'avait pas laissé le temps de vérifier ce que j'achetais.

J'en ai eu pour mille deux cents francs, chez le grand traiteur des Champs-Elysées. Il était dix-huit heures, mes rideaux n'étaient pas cousus.

Je suis rentrée chez moi. J'ai tout placé dans des assiettes et comme mes nappes étaient moches, j'ai posé sur la table un épais drap en lin, j'avais vu faire comme ça dans un beau magazine. J'ai tenté de faire flotter des bougies dans un saladier d'eau, avant de conclure qu'il fallait des bougies spéciales et un saladier transparent.

Ma porcelaine à fleurs était si vilaine que j'ai failli la casser pour m'en débarrasser définitivement, mais je n'avais plus le temps de ramasser les débris. Ces velléités de lynchage ne datent pas d'hier. A l'école, nous buvions dans des verres où la couleur de l'eau prenait une teinte opaque. Au dos des verres était inscrit un chiffre, et les enfants prenaient ce chiffre pour leur âge. J'ai huit ans, j'ai six ans, j'ai deux ans, Ouh ouh, le bébé. J'ai neuf ans. Neuf ? C'est moche ce chiffre. J'avais parfois peur d'avoir un âge, j'avais peur de boire, et puis j'avais peur de boire dans un verre. « Si jamais je te prends à boire à la bouteille, je me fâche », disait Maman. Mais quand Maman se fâchait, ce n'était pas tellement grave. J'emportais la bouteille dans ma chambre, le nez froncé. Elle montait, me racontait quelque chose, n'importe quoi, nous ne nous disputions pas longtemps, et je lui expliquais pour les verres. Mais ça, elle comprenait lentement.

Ça urgeait. Dans une heure, il sonnerait. Je me suis attaquée à ma tête. Et puis là, en plein labeur, allez savoir ce qui m'a pris, j'ai décrété que j'étais mieux naturelle, et j'ai enfilé une salopette et des socquettes. Pendant ce temps-là, je passais des disques pour voir ce qui collerait le mieux à sa pénétration de mon intérieur. J'ai placé Cali et Brutus dans ma chambre, avant de me rendre compte que Brutus allait manger Cali et que tout serait sale quand Maxime déciderait de m'aimer sur mon lit. J'ai rangé Cali dans la cuisine, et placé Brutus dans le placard où je l'avais souvent retrouvé perché. J'ai refermé la porte.

Et je me suis plantée devant le miroir en attendant qu'il parle.

C'était laid chez moi. J'ai tout éteint. Et j'ai allumé dix chandelles achetées aux petits scouts dans la rue. C'était rudimentaire, mais très touchant. Surtout les croix, dessinées à la main sur la cire.

J'ai voulu mettre un peu de désordre, ça faisait trop propre, trop mort comme vie. J'ai lancé un journal au pied de la table basse, puis froissé un papier dans le cendrier. J'ai posé un pull sur une chaise et, de mon sac à main bien ouvert, fait sortir mon gros cahier de textes. Puis je suis allée vers le miroir pour réajuster la hauteur de mes bretelles.

J'avais oublié la salle de bains. J'ai sorti un échantillon de parfum d'homme, espérant qu'une petite brise, ombre de crainte, le traverse. J'ai caché mes serviettes à souris et sorti les unies, que j'ai repliées à l'envers pour masquer mes initiales. Puis j'ai vérifié sous mes bras que je sentais bon, et entre mes jambes si tout était tranquille. J'ai mis un disque et j'ai contemplé la table, en prévoyant, dans ma tête, où j'allais déposer chaque plat. Tout était froid, j'avais choisi quatre sortes de salades, au foie gras, aux truffes, au homard, des jambons merveilleux, des pains ronds, des longs, et des pains blancs, du caviar, du champagne, du vin rouge et du blanc. Un plateau avec dix fromages, des figues fraîches, des litchis, de la glace aux marrons, et une galette des rois. S'il y a trop, on pourra laisser la glace. Et puis des mangues et des fraises, à cause de l'érotisme.

— Il est bien vingt et une heures Maman ?

— Je pense. En tout cas, ça fait au moins un quart d'heure que la météo est terminée. Pourquoi ? Ta montre est en panne ? Tu n'as pas de réveil ? Tu veux que je te téléphone demain matin ?

— Non. Non, surtout pas, Maman. C'était juste une question. Il va falloir que je raccroche là. On pourrait essayer de me joindre, je ne voudrais pas que ça sonne occupé.

— Qui doit t'appeler, ma Gretchen ?

— Rosine.

— Ah ? Elle n'est pas au ski ?

— Si. Mais elle doit m'appeler du ski.

— Eh bien, embrasse-la pour moi, à demain ma petite fille.

J'avais le droit de mentir. Il est tard. Ça fait une heure que Maxime devrait être là. Je vérifie sans cesse à la fenêtre qu'il n'a pas oublié le code. Je compte, le nombre de raies du tapis, le nombre de jours courant sur les bords de la nappe. J'ai éteint les bougies pour qu'elles éclairent encore quand il entrera. J'ai changé de socquettes, elles avaient les talons sales d'avoir trop piétiné. Je me suis servi une coupe de champagne, mais je vais l'attendre, je vais l'attendre.

A vingt-deux heures, le téléphone a sonné, j'étais en boule au pied du canapé. Il s'est excusé, m'a demandé si j'avais besoin qu'il apporte quelque chose. J'ai rallumé toutes les bougies, mis la musique, j'ai changé de socquettes et de culotte. Quand il a sonné, mon cœur battait aussi fort que le jour où Jean Flaque m'a dit qu'il aimerait bien me faire un enfant. Maxime tenait un bouquet de fleurs qu'il avait dû acheter à une plate-bande. Il m'a embrassée.

— Je ne suis pas en retard à cause des fleurs. J'ai eu beaucoup de monde aujourd'hui...

— Elles sont magnifiques.

Je me suis affairée pour trouver un vase, prendre son manteau, le faire asseoir, boire et rêver. Il a dit que c'était chaud chez moi. Il avait faim. J'ai déposé les plats sur la table. Ça lui faisait plaisir ma cuisine. Il a goûté à tous les mets. Au moment du dessert, j'ai épluché un litchi et je le lui ai tendu pour le mettre dans sa bouche. J'ai pris une fraise et j'ai attendu qu'il me regarde pour l'introduire dans la mienne.

— Où est Brutus ?
— Il se promène...
— Et Cali ?
— Dans la cuisine. Pour que Brutus le laisse tranquille.
— Où dormez-vous ?
— Là, lui ai-je répondu en indiquant avec horreur la porte de laquelle j'avais omis de dépendre le panneau en fer gravé Cécile.
— Emmène-moi chez Cécile, a-t-il murmuré sans rire.

Nous avons fait l'amour, Brutus a gratté deux fois dans le placard mais Maxime n'a pas remarqué. Ensuite il m'a demandé s'il pouvait allumer la télévision. J'ai accepté, bien sûr. C'est si doux d'avoir son homme juste à côté, repu, vidé, heureux et apaisé. J'ai calé ma tête sur son épaule, mais je n'y étais pas très très bien, j'ai longtemps cherché la courbure idéale pour mon cou, et son bras autour de mes hanches, pour rien au monde je n'aurais voulu l'échanger.

J'ai été réveillée par le téléphone. C'était Maman qui me donnait l'heure, sept heures et demie, l'heure d'aller travailler. Maxime n'était plus dans mon lit. Je ne sais pas où je suis allée chercher l'idée d'ouvrir le placard. Brutus en a sauté, et m'a frôlé la cuisse avec son air mauvais. Maxime n'était pas dans le salon, j'ai trouvé un mot sur la table. *Merci pour hier soir, je t'appelle, je t'embrasse, M.*

Je ne l'avais pas entendu partir mais, si je me souviens bien, j'ai rêvé que j'étais un kangourou et qu'on m'arrachait ma poche pour en faire un sac à chaussures.

En arrivant à la tour, j'ai croisé Françoise et lui ai donné de mes nouvelles. En prenant mon après-midi, hier, je lui avais dit que j'étais fiévreuse.

Ce matin, je l'étais bien davantage. L'éviction d'un intrus qui faisait déjà partie de moi me rendait vulnérable. J'étais lucide, si lucide que, face à ma fragmentation, je n'essayais pas de me rassembler. Fébrile, pleine d'espérance, de crainte, de doute, de regain, j'allais et venais entre les meubles du bureau. J'entrai dans celui de M. Namar, regardai la photographie, pris le pouls de sa plante verte.

L'écriture de deux cents enveloppes contenant les faire-part de naissance de son petit dernier me ferait passer le temps sans trop m'user l'esprit.

A midi je suis machinalement descendue à l'aérobic. J'ai vu que mon avant-bras avait été mordu, et des larmes sont montées. Je me suis souvenue qu'hier soir je lui avais mis ma chair dans la bouche, et il avait serré les dents, j'avais gémi, il avait serré davantage. Ma cicatrice et moi avons fait de la gymnastique. Maggie m'a demandé si j'avais croisé un vampire, j'ai minaudé, pour une fois. J'ai fait tout ce qu'elle ordonnait, le culbuto, les déhanchés, avec cette joie immense de martyriser le corps qui avait profité de trop de plaisir.

J'étais pleine de forces en remontant, j'ai téléphoné à Maxime. Il avait l'air occupé mais il m'a parlé gentiment, m'a dit qu'il m'appellerait ce soir, « et merci pour hier, encore ».

J'ai pensé à une méthode pour lui demander de m'accompagner le 28. J'en ai trouvé quarante, mais c'est parce que j'ai été interrompue par le téléphone pour un problème administratif important.

J'ai souvent à l'esprit l'idée de tuer Jean Flaque. Sur une liste rédigée en lettres de sang j'ai répertorié quelques noms de gens à éliminer, avant de m'occuper de mon cas si un jour je décidais d'en finir avec ma pauvre vie à reculons. Je me dis aussi parfois que je pourrais simplement assassiner. Je finirais en prison et n'aurais plus à effectuer toutes ces mécaniques quotidiennes. Quand je n'ai pas le courage de me tuer, je voudrais que l'on m'enferme pour n'avoir plus rien à manger, et éprouver le besoin, l'envie, de remuer mon corps ankylosé, de retrouver la forme de moi-même.

Je me sens minuscule, inutile, à peine l'importance d'une tache d'encre ou d'une goutte de suie. Avec ce que je pense des humains, j'aurais dû éclore, je ne sais pas, toute cette connaissance des autres aurait dû me faire devenir quelqu'un, c'était logique après avoir si bien dépecé autrui, de savoir recoller mon squelette, enfin, parvenir à terminer le puzzle avant la fin.

Je me moque des hommes avec leurs femmes, des hommes et de leur travail honnête qu'ils gonflent pour en faire des victoires. N'ai-je pas entendu l'un d'entre eux décréter un jour qu'il était « trader à Rungis », un autre clamer qu'il était bras droit du bras gauche du bras droit d'un type qui avait deux bras, dont il se servait pour enlacer une pute, qui, très certainement, parlait de son enfant comme si elle avait pondu Mozart, ou bien traitait son client comme l'avait fait un de mes professeurs de mathématiques avec une élève peu douée, qui, elle-même, passait son temps à dire du mal d'une fille à boutons et à graisse. Jeune fille déjà usée par les regards méchants, qui torturait son lapin nain avant de lui donner mille baisers pour se faire pardonner. Heureusement qu'il y avait le lapin pour rattraper la médiocrité de la chaîne. Et le soigneur de lapins, malgré ses inconstances.

Une jeune vieille fille ne se dit pas que ça peut changer. On a tout le temps de prendre sa vie à la racine, d'abord parce qu'on s'ennuie beaucoup, ensuite parce que c'est narcissique, et puis ça fait du mal, beaucoup de mal, et on adore ça. Se complaire, c'est exactement ça, se complaire et dire que c'est à cause des autres, les hommes, les femmes, les parents qui n'ont pas su faire, les frères et sœurs trop préférés, c'est tellement jouissif de se couper et d'arborer ses croûtes.

Si Maxime n'agit pas comme un homme fou d'amour, c'est parce que je n'ai pas su le rendre fou, moi, et pas les autres. Je suis gauche, je le sais tellement que je m'en sers comme d'un charme mais ma gaucherie ennuie le monde, et Maxime a d'autres chats à soigner.

Combien de fois ai-je été tentée par un stage d'apprentissage de séduction dans une société spécialisée, tenue par une maîtresse femme qui m'apprendrait comment parler, comment me tenir et m'habiller, comment émettre un refus sans crainte d'avoir péché. Je danserai en boîte de nuit et ferai du ski à toute vitesse. On pourrait m'emporter partout, la petite chose que tout le monde envie, regarde, elle est si épanouie. Oui, mais moi, vous voyez, j'ai le vertige, je ne supporte ni les très petits ni les très grands espaces, ni la foule. Je ne peux pas prendre d'ascenseur extérieur, ni de téléphérique, j'étouffe dans l'avion, j'ai des vapeurs dans le métro. Je rêve d'aller dans le désert mais j'ai peur de ne pas trouver de mur le long duquel marcher. Pourtant je suis prête à parcourir des centaines de kilomètres pour gagner une solitude pleine. Je peux nager vers la plage mais pas vers le large, courir sur un pont mais ne jamais m'arrêter dessus. Pour traverser certaines avenues, j'ai parfois besoin d'attendre plusieurs fois que le feu repasse au rouge, mon pied refuse, il panique. Quand il faut que je m'échappe, d'un magasin, d'une lumière, la vie me mord, j'aimerais sombrer. Mais pour être tombée plusieurs fois je sais qu'ensuite il faut remonter, et ça me fatigue. Même si ce n'est pas si mal de ressentir la fatigue dans une vie où l'on souffre de ne rien voir avancer, en dehors de l'âge.

J'écris même un journal intime. Pendant des mois j'ai refusé cette malédiction. M'envisager penchée sur un cahier, et te raconter ma vie, cher journal, me semblait bien correspondre à l'acmé de ma déchéance.

Mais, quand je te relis, je comprends ton utilité. Ça me fait tellement rire, je suis en joie, j'exulte devant le spectacle de ma vie. Je te raconte ce que je mange, ce que je vois, ce que j'entends. Tu te tais, tu acquiesces, tu retiens et je commente. Sous ta couverture rouge, tu engloutis ma confiture, je ressors de toi comme un quatre-quarts bien cuit, réchauffée et moelleuse. Tu es mon petit plaisir. Je vais t'appeler Max, moitié de Maxime, mon grand plaisir.

L'amour passe. Autant qu'il ne soit pas trop fort, me dis-je parfois en prévision de la fin. Plus nous espacerons nos rencontres, plus notre grâce durera. Moins nous nous téléphonerons, plus nous aurons de choses à nous dire. Je ne sais pas d'où je tire ma science. Sans doute de la contemplation de la vie des autres, ils sont tellement nombreux à vivre ensemble, et à ne pas savoir compter jusqu'à deux.

Du haut de ma tour, je regarde ces paires de fourmis rognant leur morceau de terre, aussitôt remplacées par d'autres lorsque goulûment un gouffre, un antre, une tour les avalent. Les microbes ont rejoint leur sève, infectent chaque artère. Quand j'aurai fini de taper mon courrier, je rentrerai chez moi, je rejoindrai les microbes, sans penser à lever la tête pour décrypter le ciel. De mon trentième, j'en suis si proche, je n'ai qu'à bouger la main pour que quelqu'un, d'en haut, me tende la sienne, et m'emporte. Je sais bien, difficile comme je suis, que d'en haut je parviendrais encore à trouver le temps long, et l'espace haïssable. Le monde sera encore plus petit.

Nous sommes le 25 février.

— Bonjour, c'est Cécile Valette. Pouvez-vous me passer Maxime ?

— Oui, ne quittez pas...

— Allô ?

— Maxime, c'est Cécile.

— Comment vas-tu ? Ça me fait plaisir de t'entendre...

— Ça va très bien. Et toi ?

— Bien. Je suis en consultation là... Je peux te rappeler plus tard ?

— Non. En fait, je t'appelle pour t'inviter à la soirée de Mac Namar Inc, le 28. J'ai pensé que tu pourrais m'accompagner, si tu n'as pas prévu autre chose, si ça ne t'ennuie pas.

— Super.

— Comment ?

— Super. Je passe te prendre ?

— Oui. Chez moi, à dix-neuf heures ?

— C'est un peu tôt. Donne-moi l'adresse

plutôt, je te rejoindrai là-bas, dès que j'aurai terminé.

Je donnerai son nom à l'entrée. C'est si simple.

J'apporte un papier à l'organisation. La fille me regarde comme si je jouais les provocatrices. En huit ans de service, c'est la première fois que je dépasse la limite d'un délai. J'aurais dû donner le nom de Maxime il y a une semaine. Elle ne le souligne pas, elle sait que je le sais. Je ne la prie pas de m'excuser, elle se doute que je le pense.

J'ai su comment s'habillera Françoise. Elle portera un tailleur-pantalon noir, avec un haut décolleté sous sa veste, pour faire beau si elle l'enlève pour danser. Le noir, ce n'est pas parce qu'elle porte le deuil de Maryse, l'ingrate. Ça la mincit. Point barre. A la ligne. Le haut, c'est Franck qui le lui a offert. C'est pour ça qu'il est très décolleté. Il ne l'a jamais aimée si dénudée que depuis leurs vingt ans de mariage. Elle ne s'est jamais sentie si bien avec lui, enfin tout est pour le mieux. Et moi je ne sais pas si je mets la rouge ou la noire. J'ai fait nettoyer la rouge, j'ai le choix. La teinturière a voulu savoir comment je m'y étais prise pour la salir à ce point. Je lui ai dit que j'avais craché dessus vingt-huit fois, et j'ai ri. J'irai quand même voir à midi si je n'en trouve pas une plus adaptée, j'aime bien le vert en ce moment. Et puis souvent, Maxime s'habille en marron, alors ensemble on ressemblera à un arbre, un chêne, un marronnier, une grande espèce comme ça, ou un cèdre. J'adore les cèdres du Liban.

Je me souviens d'un grand arbre du jardin public, que la mairie avait fait couper parce que, disaient-ils, il y avait des risques de chute. Je ne les croyais pas. J'étais allée regarder le massacre, les gens autour de moi pointaient leur pouce vers le bas, si fiers du triomphe de leur opinion. Ils en avaient usé, de l'encre et du papier, en pétitions, en signatures. Allez savoir ce qui fait soudain détester un arbre. J'étais allée lui faire un câlin la veille du drame. Tout en lui jurant de le défendre jusqu'au bout, tu vas voir ce qu'on va leur faire, je pleurais toutes les larmes de mon corps, frottant ma joue contre son tronc, espérant qu'il me laisse son empreinte. J'avais imploré son pardon et détaché de son tronc un petit morceau d'écorce. Je participais au massacre, lui décollant un carré de peau, abandonnant à vif une partie de sa chair, contre laquelle, tout à l'heure, peut-être, la scie électrique viendrait apposer sa morsure. J'ai quitté le jardin en lui faisant un signe de la main. J'avais tellement mal à lui, que j'ai vomi dans le caniveau. Une mère qui passait par là a supplié son enfant de ne pas me regarder, sinon il risquait de vomir aussi. Je me suis demandé si en voyant l'arbre il allait pleurer, ou si elle lui conseillerait de détourner les yeux.

Dans ce dédale de tours, la nature est inerte. Quelques fleurs, au plus, plantées dans des jarres en béton, émaillent le gris de tout le reste. Des plantes vertes en plastique poussent dans le hall des tours, on est sûr qu'elles ne feront de mal à personne.

Je connais le cri de la nature, de la salade, de la botte de carottes, des haricots, lorsqu'on les arrache à la terre pour les mettre dans le saladier. Tout dépend de l'arracheur. Quand mon père cueillait une laitue, il disait : « Viens par là toi, tu seras très bien pour midi. » Et elle venait, facilement. On voyait qu'elle avait envie de la moutarde et de l'huile d'olive. Quand l'arracheur m'était étranger, tirait sur ses plates-bandes, maugréant : « Tu vas voir ce que tu vas voir, ce que je vais en faire de tes racines », ça me rendait malade. J'aurais tué pour sauver une pomme de terre.

Cueillie par mon papa, ouverte en deux par ma maman et grillée au four sur le dos, je l'entendais me parler dans l'assiette. S'il te plaît, ajoute-moi un peu de beurre, et de sel, n'oublie pas le sel, je vais me régaler. Mais celle qui revenait du marché avec les cervicales en miettes, celle qui mourait avant que je mette le beurre, j'aurais aimé lui faire du bouche-à-bouche, mais je n'osais pas goûter une morte.

Quand on me grondait — tu ne fais pas honneur à la cuisine de ta mère —, j'expliquais que je n'avais plus du tout faim, c'est vrai, je ne prendrai pas de dessert non plus, je n'aime pas la manière dont a été tuée cette patate. Maman me disait que ça suffisait bien mes histoires. Pour ma part, je trouvais que l'histoire du monde n'avait jamais tourné aussi mal.

C'est de la sensiblerie, c'est parce que je n'ai rien à penser. Mes vrais amis sont en carton, en terre, ou en fil de fer, en peluche, à plume ou à poil. Il y a Brutus, Cali maintenant, et puis des petits objets d'enfance. J'aime leur constance tiède, leur présence rassurante, même dans l'invisible. Il fait noir, et tu te tiens là, Max, dans le tiroir de mon chevet, et puis il y a vous deux, les vieux boutons de manchettes aux insignes de la gendarmerie, dans le vide-poches du valet de nuit. Dans le coffre à jouets de mon enfance que j'ai tenu à prendre avec moi, dorment Bleuette et Lapinou. Je m'étais promis de les ressortir le jour où j'aurais un enfant, mais au train où vont les choses, vu ce que deviennent les enfants, je ne sais pas s'il les méritera, et même s'il en voudra. Mais je ne crois pas que j'aurai d'enfant. J'aurais trop peur qu'il me déçoive.

Sauf si Maxime me le demande. Si Maxime me parle gentiment, murmure à mon oreille de doux mots sur le bébé que nous pourrions fabriquer, là, oui, je ne dis pas un non définitif à une possible descendance.

Je pendouille. Ou alors c'est le miroir. Mais l'un de nous deux a la chair qui pend, sous les bras, près des joues et en haut des cuisses. Je veux bien croire que la naissance d'un enfant transforme une femme, mais, en général, c'est après l'accouchement. Donc c'est le miroir. Depuis quelques mois je lui dis que s'il ne me redresse pas un peu, il va finir à la décharge. Avec son tain passé, ses petits éclats, que je tolère parce que je sais à quoi ils correspondent... Un coup de bracelet-montre de Jean Flaque, une rayure de la voiture télécommandée de ma filleule quand elle était si mignonne, un petit rond indélébile rouge, que j'ai peint pour essayer la couleur d'un vernis avant une soirée romantique... Oui, sous prétexte que j'ai besoin de souvenirs, et il n'y en a pas tant que ça des souvenirs dans une vie comme la mienne, je le garde, je lui passe ses imperfections. A si peu de temps du 28, il pourrait quand même se remuer.

J'ai tout à refaire, dis-je parfois à Cécile Valette quand ça ne va pas très fort. Cécile Valette, c'est moi, bien sûr, mais me nommer m'aide à franchir un palier vers la sortie de l'angoisse. Prononcer mon nom amorce le rétablissement de mes structures. J'arrête de dire Grosse vache, ou Vieille fille, et je reprends la conversation sans injurier Cécile Valette, je lui dis simplement ce que je pense d'elle. Et quand je lui parle correctement, elle arrête de répondre. Elle se terre, écoute, et rebâtit. Ou bien vomit, quand il s'agit de réparer ses excès. Après, elle se cale sur son canapé, dans sa petite pièce à vivre, sa petite salle de séjour, avec Brutus à qui elle tâte le poil, à qui elle demande de s'asseoir et de donner la patte comme si c'était un chien. Il désobéit, alors Cécile Valette reporte sa haine, son mépris, ou plutôt ses reproches. Elle ne s'occupe plus d'elle mais de son chat qu'elle tance, quand même Brutus tu pourrais donner la patte. Et ça la calme, Cécile Valette.

Ou alors c'est le vert qui ne me flatte pas. Cette robe à fines bretelles ne cache pas mes bras, mais dans la boutique, tout à l'heure, ça ne pendait pas comme ça. J'ai essayé, pardessus, différents gilets pour couvrir ma peau, le résultat est affreux. J'ai eu ma mère au téléphone. « Gretchen chérie, as-tu préparé ta broche ? » Pour faire comme si je prévoyais tout, toujours, à la dernière minute, je me suis offusquée. « Mais enfin Maman, la soirée est dans trois jours ! » Elle m'a demandé si j'avais un cavalier, à ce moment-là j'ai pensé que si les robes vertes à bretelles ne m'allaient pas, c'était parce que j'étais un cheval. Je viens de comprendre, après vingt ans d'enquête, pourquoi j'avais souvent cette phrase en tête : *quand je serai grande, j'aurai un enfant et ce sera un cheval.* Cette phrase était catapultée dans mon cerveau dès que quelque chose me heurtait. On me marchait sur le pied, on disait de ne pas me regarder à cause du vomi, on tuait mon arbre, et je pensais De toute façon je m'en fiche, quand je serai grande, j'aurai un enfant et ce sera un cheval. C'est à cause du cavalier. Avoir un cheval, ce serait donc avoir une fille, à laquelle s'accrocherait, s'agripperait, ou, selon sa puissance, son aptitude, sur laquelle monterait un cavalier. C'était donc ça.

Mais en l'état actuel des choses, je ne vois pas comment Maxime pourrait éprouver le moindre désir de me monter. Je dois perdre dix kilos, et puis je ne sais pas, gagner un peu de lumière, arrêter d'être verdâtre comme ça, comme si on me forçait à faire peur. Je devrais peut-être essayer les soins de peau dont m'a parlé Rosine.

Tout à l'heure, en rentrant du bureau, je suis passée devant l'institut, tout était blanc, des femmes riaient, il faut prendre son courage à deux mains pour entrer dans tant de clarté. En prévision de mon régime, je n'ai rien acheté pour dîner. Pour une fois, j'avais envie de tout. A la place, j'ai marché jusqu'à la Clinique des Bleuets et récité une prière devant le break de Maxime que j'ai caressé de la main en partant. Elle était belle sa voiture, bien alignée contre le trottoir, endormie, paisible. Le caducée penchait un peu à droite. Ça m'agaçait de ne pouvoir le redresser de l'extérieur. Et il y avait son gros carnet, marron, noué avec un élastique, d'où dépassaient mille feuilles éparses, des ordonnances, des rendez-vous, des lettres ou que sais-je encore. Quand il m'épousera, je lui conseillerai de garder son carnet avec lui, ça attire l'œil ce genre d'objets. Il ne faudrait pas qu'on l'en dépossède.

Je ferai le tri dans ses affaires, dans ses vêtements, dans ses amis, s'il accepte bien sûr. Mais je lui laisserai ses souvenirs. J'ai bien vu dans sa chambre la photo d'une femme, j'ai pensé à sa mère, jeune, mais je sais que la photo est récente, peut-être est-ce une ancienne amie, qu'il n'a pas encore supprimée complètement, et ça, je ne m'interposerai pas. J'ai aperçu des boucles d'oreilles et un pantalon de petite taille. Là aussi, j'ai tout de suite pensé à sa mère, puis à un déguisement.

Quand je parle de ses amis, je me contenterai du premier tri, de base, j'empêcherai qu'autour de lui gravitent d'affreux intéressés, simplement parce qu'il est gentil et qu'il travaille, lui. Je ne voudrais pas qu'on me l'use à force de lui pomper ses forces, de l'appeler la nuit pour de fausses urgences concernant un roquet, un rat, un cochon d'Inde. Besogneux comme il est, il serait capable de répondre et de quitter notre lit, notre enfant même, pour aller soigner l'animal d'un faux ami, qui aura eu besoin de parler et ne pensera pas à dire merci.

En dehors de cela, je lui proposerai, si j'ose, de nous installer ni chez lui, ni chez moi, mais dans un appartement neuf. J'ai souvent lu que c'était mauvais d'accueillir une nouveauté chez soi. On ne peut s'empêcher de souffrir de l'empiétement de l'autre sur son territoire. Imaginons qu'il installe devant mon miroir, justement, un cadre de photos de son passé, ça m'irriterait. Ou bien qu'il repousse ma collection de cailloux pour poser la cage du rat ou, pire, qu'il mette mes cailloux dans sa cage. Je ferai pipi dedans. Mieux vaut s'octroyer un espace, vierge de nos souvenirs, dans lequel chaque objet trouvera sa place naturellement. Aucun de nous deux n'aura à prendre sur lui de supporter l'appartenance de l'autre à un monde antérieur, bientôt désaffecté, mais tout de même.

Je préviendrai mes parents assez rapidement, Maman me demandera ce qu'il fait dans la vie, Papa sera content qu'il soit vétérinaire. Quand on viendra, il lui soutirera des petits conseils pour tuer les chenilles processionnaires, pendant que Maman vérifiera discrètement qu'aucune trace de gale n'envahit ses dix doigts.

J'en parlerai à Rosine et elle fera un dîner. Juste avant qu'on sonne, elle expliquera à ma filleule que, ça y est, Marraine a un amoureux. C'est pas trop tôt, dira Bruno. Oh tu es méchant, lui répondra Rosine en riant. J'espère qu'elle ne va pas apporter ses chocolats blancs, là, ils sont dégueu, ajoutera Noël. Qui ne sait pas que, si je les apporte, c'est parce que ce sont les seuls, justement grâce à leur mauvais goût, que je parviens à conserver sans les manger avant la date où je vais les offrir.

La concierge regardera Maxime avec un hochement de tête entendu, son fils sera sincèrement content pour moi.

Françoise m'emmènera déjeuner pour fêter ça. Je m'ennuierai une heure mais, d'un autre côté, peut-être pas, ça dépendra. Si on ne parle que de moi, ça me plaira.

Quant à M. Namar, je ne sais pas comment je lui annoncerai, annoncer quoi d'abord ? Ah oui. Je lui annoncerai mon mariage, debout, devant son bureau, bien au milieu, au lieu de me tenir à son côté, comme une prothèse vacillante qui a tout fait bien, mais quand même au moment du verdict ou de la signature, on n'est jamais tout à fait sûr.

Je suis la seule salariée du monde à pouvoir prendre des jours de congé sans que ça gêne. A chaque fois que je m'absente, tout le monde trouve ça normal. Vous êtes si parfaite, dit Françoise. Vous exécutez le travail de trois personnes, alors après tout pourquoi n'auriez-vous pas droit aux repos de trois personnes ? Et elle pouffe. Et moi, j'ai la journée pour me refaire.

J'ai acheté une robe noire, en jurant que ce serait la dernière. Elle est un peu plus courte que l'autre, qui faisait trop grand soir, j'aurais été ridicule. A part ça, c'est à peu près la même. D'ailleurs je ne sais pas pourquoi je l'ai achetée, ça suffit maintenant.

A l'institut ils m'ont proposé de me faire un soin relaxant, puis un soin revitalisant, ils draineront ma lymphe, ils ont prévu qu'elle fonde, ils me gratifieront ensuite d'un conseil en beauté. J'aime bien ça. C'est comme à la gymnastique, cette intense volupté, à la fin, quand on s'étire. La masseuse appuie sur des points qu'elle connaît, elle parle à travers la porte à la masseuse d'à côté. Je ne connais pas la massée, on aurait pu se parler.

Elle me met des produits sur le visage, elle me palpe. Je lui rappelle ma constitution allergique. Elle dit oui avec la tête, elle a compris, ça fait trois fois. Je me laisse aller à rêver à Maxime, je prépare des phrases pour ce que j'écrirai dans Max tout à l'heure. Ce n'est pas glorieux, c'est vulnérable. Mais je reprends confiance sous les doigts de la fée, ça fait vingt-neuf heures que je n'ai rien avalé, seulement de l'eau et du thé.

Arrive l'autre masseuse, celle qui doit, si elle tient promesse, faire fondre ce qui pend sur mon miroir. Elle me triture, me presse si fort qu'elle a le bout des doigts blancs. J'aime moins. Et puis j'ai honte de payer des gens, de les épuiser à faire rouler la graisse qu'on s'est perfusée sans leur aide. Ça vexe un peu, ça humilie, même si elle sourit à chaque fois qu'elle pince, comme les petites de l'école qui font si bonne figure dès qu'elles ont mauvais cœur.

J'ai le visage qui me gratte mais c'était prévisible, et normal, dit la maquilleuse. Pour les produits, je vous montre, mais je ne vous mets rien pour l'instant. Mieux vaut attendre que les rougeurs s'estompent

Et me voilà sortie, après trois heures de

soins, trente-deux heures sans rien avaler. Dans un sachet, j'emporte des produits enlumineurs, à étaler une minute avant de me maquiller à l'aide des substances jointes.

Je me mets nue devant le miroir et, là, je me demande, oui, en dehors du ventre redevenu très plat, je me demande si ça changerait quelque chose que je mange un petit peu. Un œuf, ou une salade verte, ou les deux. Ou un yaourt, ou du chocolat et des madeleines, avec du beurre et de la confiture, et du pain.

Et puis là, évidemment, c'est affreux. J'ai la nausée. Mon visage rosi par les soins traîne en haut d'un corps rassasié et malade. Il y a encore quelques mois, en prévision d'un événement comme le 28, j'aurais réussi à me retenir, pour un homme. J'aurais lutté, davantage. Pourtant je voudrais plaire à Maxime, mais j'ai tellement peur que ça rate. Peut-être qu'une autre le séduira, peut-être qu'il ne viendra pas parce que je manque d'intérêt, et il aura raison.

Maxime vient de téléphoner, il voulait vérifier que ça tenait toujours pour après-demain, et me demander l'adresse exacte. Il m'a embrassée, a dit que demain soir, sans doute, il m'appellerait pour me proposer une sortie au théâtre, un comédien de ses clients lui a donné deux places. J'ai pensé à la manière dont j'allais m'habiller mais j'ai d'abord ressenti comme une flamme, à l'idée qu'un homme comme ça décide qu'on allait se voir deux jours de suite. Jamais je n'aurais osé lui demander si ce soir il ne voulait pas que nous allions au cinéma, mais sans doute aurais-je dû, il est comme ça, Maxime, imprévisible et doux, comme la vie certains soirs de suite.

En photocopiant des dossiers, je suis tombée sur une feuille volante que M. Namar avait dû égarer. L'électron libre était en papier parme, recouvert d'un dessin fait à l'ordinateur. Il représentait une maison, avec un arbre, un lapin et un soleil. Ça m'a fait rire. Je l'ai épinglé dans le couloir. M. Namar ne saura pas que c'est moi, il pensera qu'un jour il a égaré la feuille, et qu'une bonne âme, la trouvant, a jugé bon de l'afficher. Il va arriver tout à l'heure, il sera content de mon travail, il croira que rien ne passe jamais par ma vie, en dehors des consignes et du travail bien fait. Il ne se doute pas qu'à l'intérieur de moi ça palpite, il n'a aucune idée de ce que j'aimerais avoir pour être heureuse, ne sait pas quelle est ma couleur préférée, si je rêve le soir. Il doit croire que je me couche déjà prête pour le lendemain, et penser que je l'admire.

Quand il est là, il me regarde, le soir, d'en haut. Il suit des yeux mon trajet régulier, en pensant, pauvre Cécile, elle a l'air tellement seule, elle va finir vieille fille.

Je lui ai demandé si je pouvais le voir une minute, c'est le premier à qui je vais parler de Maxime, ça m'a énervée de penser à ce qu'il inventait sur ma vie.

— Je voulais seulement vous annoncer, monsieur, que j'ai quelqu'un dans ma vie.

— Mais c'est merveilleux, ma petite Cécile... Pourquoi me dites-vous ça ? Vous n'allez pas quitter la société au moins ?

— Non. Enfin juste le temps d'un voyage de noces !

— Un mariage ? Vous m'en direz tant...

Et puis il m'énervait là, à lire en même temps les dossiers que j'avais faits moi-même, à vérifier mon courrier.

— Je voulais juste vous dire cela, je me marie, voilà.

— Et c'est prévu pour quand ? a-t-il lancé en me regardant par-dessus ses demi-lunes.

— Début mai.

— Votre fiancé travaille ici ?

— Non. Il est vétérinaire.

— Ah ! vous m'en direz tant... Ecoutez, bravo, toutes mes félicitations.

— Merci monsieur.

— Vos parents sont contents ?

— Je tenais à ce que vous soyez le premier informé. Depuis tant de temps...

— Je suis très touché, Cécile, mais vous devriez les prévenir quand même.

— Maintenant ?

Ça se voyait qu'il n'en avait rien à faire de mon mariage, Namar. Pas plus que de sa femme quand il déjeune avec la fille des relations publiques.

Il pourra toujours se le mettre où je pense son cadeau de mariage. Et le deuxième aussi, celui qu'il va acheter avec tout l'étage et qu'on me remettra la larme à l'œil au début d'un pot de joie.

Je devrais donner ma démission. Si j'ai un enfant, je n'aurai pas la force de travailler en même temps.

Machinalement, j'ai composé le numéro de Maxime à la clinique, je voulais lui dire que j'avais annoncé la nouvelle à Namar et qu'il s'était mal comporté. Quand l'assistante a décroché, j'ai reposé le combiné et j'ai téléphoné à mes parents.

La petite voix de Maman était cassée par une mauvaise grippe. Papa la relayait quand l'extinction était trop forte. Lorsqu'ils ont su que j'appelais du bureau alors que Namar était là, ils m'ont presque raccroché au nez, non, non, non, ma Gretchen, sois raisonnable, appelons-nous ce soir, quand tu seras chez toi plutôt. J'étais contente de garder mon mensonge pour plus tard. J'ai composé un numéro au hasard. Un homme a décroché, et je lui ai dit que j'allais me marier, il m'a répondu qu'il n'avait pas que ça à faire. Je lui ai dit : « Ça tombe bien, ce n'est pas avec vous et j'en suis fort aise. »

Après, je suis descendue voir Françoise.

La porte était fermée, j'ai frappé et entendu un grognement. J'ai trouvé Françoise relâchée sur son bureau, les mains devant les yeux, secouée de hoquets. Je me suis approchée, qu'est-ce qui ne va pas Françoise ?

Françoise, c'est le genre de femmes qui une heure plus tard, un peu moins secouée, aurait menti pour paraître, j'étais donc contente d'arriver au cœur du malaise et de ne pas en rater une miette. Franck a quelqu'un, m'a-t-elle dit. Ce n'est pas possible, ai-je répondu. Le salaud, ai-je ajouté pour la mettre en confiance.

Françoise était laide. Gonflée de larmes, elle n'était pas ragoûtante. Son nez coulait, elle parlait comme une alcoolique. J'ai failli lui demander d'arrêter de boire.

Je lui ai expliqué que je trouvais Franck assez nul depuis le début, que c'était un homme sans force, sans violence, sans rien en fait. Elle l'a défendu, alors j'ai continué. Je lui ai même dit qu'un jour il m'avait mis une main aux fesses, à son dîner d'ailleurs, quand je l'avais aidé à débarrasser l'apéritif.

Je lui ai expliqué que je ne lui en avais pas parlé pour ne pas saccager leur amour, mais qu'à présent il était grand temps d'admettre qu'elle s'était trompée de mari.

Après quoi, je lui ai dit : « A propos de mari, je descendais justement pour vous annoncer quelque chose, ça va vous faire plaisir, vous ne pleurerez plus, vous verrez : je me marie ! » Et je lui ai décrit Maxime, pour bien lui montrer qu'entre Maxime et Franck il n'y avait pas photo.

Ça l'a rendue muette. Je lui ai souhaité une bonne journée et je suis remontée au trentième en chantant dans l'ascenseur vide : *Namar est un gros con et Françoise une cocue en fonte, mais je ne sais pas pourquoi en fonte,* sur l'air de *Je reviens te chercher*, de Gilbert Bécaud, et ça m'a fait du bien.

Namar était dans le couloir, j'ai chantonné l'air en le croisant.

— Le mariage vous rend si gaie, a-t-il dit. Vous faites plaisir à voir. Mais soyez vigilante, je crois que vous avez encore maigri.

Maxime m'a appelée pour me dire qu'il avait deux mauvaises nouvelles. D'abord, ça ne serait pas possible pour le théâtre, et pour demain ce n'était plus du tout sûr, à cause d'une conférence qu'il devait donner aux éleveurs. Il a dû sentir que ça passait de travers et m'a promis de faire tout ce qu'il pourrait pour terminer à l'heure et me rejoindre avant le dessert.

Je me suis ridiculisée en le rappelant pour lui dire que, si c'était que le comédien ne nous invitait plus ce soir, je pouvais, moi, payer nos places. Il a ri, m'a juré que ce n'était pas ça, mais qu'il était invité à un concert de rock où il rêvait d'aller. Il devait se douter que je n'aimais pas le rock, alors il ne m'a pas proposé de l'accompagner.

Quand Namar a traversé mon bureau, il a dit : « Ma petite Cécile, je vous le répète, vous êtes verte, arrêtez de maigrir. » Je lui ai expliqué que l'organisation d'un mariage était parfois éprouvante, mon fantaisiste amant ayant décrété qu'il voulait que nous repartions de l'église à cheval. « Et je ne monte pas à cheval. » Namar a souri, puis toussé pour cacher un rire, et vraiment il m'a énervée. Si la fenêtre du bureau s'était ouverte, je l'aurais poussé dans le vide et aurais lancé à sa suite son dessin mauve, comme une feuille morte portée par le vent, et Dieu sait qu'il est fort le vent entre les tours. Il aurait mangé le parvis de toutes ses mâchoires rigolardes, et les chapardeurs, petits êtres microscopiques séjournant sous le béton, auraient volé ses dents mortes pour en faire des meubles.

A midi, je suis descendue à la gymnastique. Plus je maigrirais, plus Maxime viendrait tôt à la soirée. J'ai croisé Françoise, elle allait à la cantine. Elle m'a regardée bizarrement, elle m'a promis d'aller mieux, comme si j'en avais quelque chose à faire. A la soirée, j'allais voir lequel des deux se tiendrait le plus mal, m'a-t-elle confié en dégageant ses gencives.

J'ai annoncé à Maggie mon mariage. Elle avait l'air sincèrement contente pour moi, je lui ai dit que Maxime serait là demain et j'ai pédalé.

Le 27 me réussit. Dans la rue, en rentrant chez moi, une équipe de télévision m'a demandé ce que je pensais des vacances à la montagne. Demain matin je serai connue du monde entier. C'est Brutus qui va être fier, et Cali gazouillera de bonheur. J'ai prévenu mes parents qui joindront leurs amis afin qu'ils me regardent. J'hésite à prévenir Maxime. D'un côté, il serait bon qu'il ne nie pas ma supériorité en certains domaines, les médias en l'occurrence, mais, d'un autre, je ne tiens pas non plus à le rabaisser. Je risquerais de bouleverser sa petite vie de praticien avec mon talent. Les flashes, les paillettes, ça pourrait l'effrayer. Je vais faire ma discrète. Avec le tapage que va entraîner cette interview, je ne me fais aucun souci, mon nom parviendra jusqu'à ses oreilles. Et puis, s'il vit ça trop mal, j'arrêterai avec les médias. Et tant pis pour la grande et belle famille du cinéma. L'amour avant tout.

Demain soir, tout le monde va parler de

l'interview de Cécile Valette, bientôt Cécile Oliveri je le rappelle. Je saluerai quand même ces idiots. Après tout ce n'est pas vraiment leur faute s'ils ne sont rien. La gloire se mérite, mais le destin aide parfois. Qui aurait pu prévoir que moi, Cécile Oliveri-Valette, fille de Guy Valette et de Marie Valette, née Dubois, respectivement officier de gendarmerie et professeur d'allemand, j'allais soudain devenir star du petit écran ?

J'ai regardé ma prestation télévisuelle. Ils n'ont pas cité mon nom, c'est bizarre. Ils m'ont rangée dans ce qu'ils appellent classique, et ça a eu le don de me déplaire. Je ne vois pas ce qu'il y a de classique à dire qu'à la montagne il fait froid mais qu'au moins c'est propre. Même si, sous le blanc, il y a des chances de rencontrer du gris. Cette télévision rétrécit tout. En plus ça me rapetisse, ça doit être parce que je ne possède pas encore l'écran géant de Maxime.

Pour passer mon agacement, j'ai eu envie de danser un slow. J'ai pris Brutus dans mes bras, mais il était trop maigre, alors je l'ai enroulé dans mon manteau pour l'épaissir un peu. Ça l'a énervé et il a sorti ses griffes, et moi ça m'a énervée qu'il s'énerve contre moi alors, réaction en chaîne, je lui ai dit : « C'est ça, casse-toi. » Et j'ai dansé avec la cage de Cali.

J'avais mis la chanson *Classic*, j'aurais voulu qu'un homme me prenne, j'avais besoin d'un corps qui me tienne, une main sur mes reins, l'autre sur ma joue, une paume cajoleuse, tiède, il aurait fallu qu'on me rattrape. Je m'accrochais aux barreaux dorés, et je pleurais sur Cali. Brutus me regardait en coin, comme ces enfants ingrats qui pourraient vous tuer pour une réflexion de travers.

J'étais toute seule, c'était ça, une fille seule qui savait raconter les histoires mais pas trop bien comment les vivre. J'aurais préféré ne pas retomber, continuer d'inventer ma vie, je m'étais sentie si différente aujourd'hui, j'y croyais bien à mon bonheur. J'ai tiré les rideaux et remis la chanson, j'ai dansé avec le boudin tête de chien qui empêchait les courants d'air sous la porte d'entrée, puis avec un traversin, celui de mon lit, dont j'ai baisé chaque bouton de housse, l'un après l'autre. Après, les bras en appui sur la commode, j'ai sorti une épaule de mon haut, et passé ma langue à l'intérieur de ma salière droite. Quand la chanson a recommencé, j'ai pris la télécommande de la télévision et j'ai chanté dedans, comme dans un micro, en fermant les yeux, en inspirant profondément pour éviter le trac. J'étais très douée pour le play-back, mes lèvres suivaient chaque mot avec exactitude, je connaissais cette chanson par cœur, il m'était arrivé de l'écouter en boucle dix jours de suite. Même Brutus aurait dû pouvoir la chanter. Je l'avais tant de fois écoutée pour me rendre malade, tout simplement parce qu'un jour, même pas pendant toute la chanson — il fallait soustraire le temps qu'il avait mis à m'inviter —, Jean Flaque m'avait fait danser.

Maxime m'a téléphoné pour me dire qu'il m'avait vue aux informations. Je lui ai demandé s'il ne devait pas se trouver à un concert de rock. Il a dit qu'il y partait, et à demain. J'ai trouvé que c'était bien tard pour ressortir, mais je me suis tue, je n'ai pas voulu l'inquiéter. Je lui ferai part de nos horaires dès que nous serons installés, mais en attendant, je les garderai pour moi. Lorsqu'il me dira qu'il souhaite faire sa vie avec moi, je mettrai les choses bien au clair. Voyons voir ce que tu entends par là, sommes-nous bien d'accord sur chaque point. Quand bien même je briserais un peu la magie, je ne vais pas acquiescer comme une sotte pour me rendre compte, trop tard, qu'il ne voit pas ça comme moi.

Si tu veux faire ta vie avec moi, Maxime, ce que je comprends très bien, il va falloir mettre un peu d'ordre. J'entends par vie commune devoir commun. Nous partagerons les tâches ménagères et la surveillance des devoirs des enfants. Car nous aurons des enfants, ça dure plus longtemps que les chiens, normalement ça meurt après les maîtres. Nous nous coucherons raisonnablement tôt pour nous lever sans mal le lendemain. Si je fais la cuisine, tu feras la vaisselle et vice-versa. Tout le linge non rangé dans le panier prévu à cet effet ne recevra aucun traitement approprié. Il restera en vrac et se détériorera jusqu'à ce que tu le ramasses ou bien que je le jette. Si tu prends du retard dans tes consultations, tu es prié de téléphoner et de t'excuser. Quand tu rentres, pour te faire pardonner, tu m'apportes un cadeau, et tu répètes, devant les enfants, pour leur inculquer le respect des horaires, que tu es désolé. Si nous partons en vacances, c'est toi qui conduis le break. On n'a jamais vu une femme conduire son époux. Je ne suis pas ta chauffeuse, et puis quoi encore. Si tu m'accuses de t'avoir fait rater la sortie d'autoroute en ne te l'indiquant pas, je descends et me fais draguer sur une aire de repos par un routier qui m'emporte. Quand tu viens voir mes parents, arrête de souffler à chaque fois qu'on regagne notre chambre, ça me peine. Si tu veux souffler, va donc le faire devant le feu pour l'attiser un peu. Et à la fin du repas, tu aides à débarrasser. Avec ma mère, on n'est pas tes bonnes. Et tu ne fais pas ton dégoûté devant les beignets de cervelle. Il y a des enfants dans le monde qui seraient bien contents d'en manger.

Et puis tu arrêtes de profiter des places interdites sous prétexte que tu es possesseur d'un caducée. Tu arrêtes définitivement de donner des surnoms à tes amis. Ils ont un prénom, ça leur suffit, *chouchou*, c'est pour moi.

Tu cesses d'aimer le rock and roll, ce n'est plus de ton âge. Ces enfantillages d'ailleurs n'ont jamais été du mien.

Pour ce qui est des bêtes, tu conserves un chien et tu élimines tous ces rongeurs affreux qui nourrissent en crasse et microbes un appartement de jeunes mariés.

Tu viendras me regarder au spectacle du club de gymnastique, je vais m'inscrire à la chorégraphie et tu trouveras que je danse bien. Si tu lorgnes le déhanché d'une autre, je le verrai, dis-toi bien ça, à bon entendeur salut.

Maman m'a rappelée avec sa voix, là, pour me dire qu'elle me trouvait mauvaise mine. Et moi, j'ai insinué qu'avec son extinction elle pouvait toujours critiquer ma santé. C'était un peu facile, mais quand on ne peut plus parler, on se tait. Enfin je n'ai rien dit, et encaissé, surtout que Papa, derrière, marmonnait : « Tu exagères, elle n'était pas si verte. » Quand je lui ai raconté que je m'étais offert un soin de peau, j'ai craint le collapsus, sa réprobation m'a tétanisée. J'étais folle, enfin, hérétique d'accepter de subir ce genre de détérioration, j'allais perdre mes pores, rougir mes vaisseaux, j'aurais des boutons, il fallait que je me désinfecte. Pour la calmer, j'ai dit que c'était déjà fait, et ajouté, déjà fait deux fois. Elle était très en colère et m'a forcée à promettre de ne jamais recommencer.

J'ai capitulé, comme avant d'entrer à l'école le matin. D'accord, j'y vais, mais tu ne m'oublies pas. Tu ne me laisses pas, tu viens me chercher tout à l'heure, tu promets ? Je ne veux pas faire la guerre de nuit. Je peux comprendre qu'il faille en passer par là, le jour, mais la nuit j'ai besoin de mon petit lit et de ma couverture en crochet. J'ai besoin de coincer ma jambe entre le mur et le lit pour éviter que la présence remonte de dessous. J'aime bien prendre Rosette dans les bras, même si elle est bleue. Je n'aime pas trop les gloussements du radiateur pour m'empêcher de dormir, mais quand il est éteint, il se tient bien. Et puis il faut l'éteindre pour ne pas s'assécher les muqueuses. Alors je demande pardon de ne pas avoir été comme il faut, mais en échange on m'aime, sinon ça n'aurait servi à rien de me fabriquer. Il fallait me laisser dans l'ancien domaine, d'avant celui des possibilités. Je n'ai rien voulu le jour où après le bal du 14 Juillet Papa a culbuté Maman dans le champ de coquelicots.

Je suis fière d'avoir obtenu cette précision. J'avais besoin de savoir où j'avais été conçue. Je les ai torturés vingt-deux ans avant qu'ils n'avouent, un soir de gaieté, qu'ils m'avaient faite dans un champ et qu'on aurait pu les surprendre. Ça me troublait de retourner dans le champ et, en même temps, ça me désolait d'apprendre que mes parents avaient dû très peu s'unir pour connaître la date exacte de ma conception. Le sentiment était mitigé. De cette tiédeur, je tirais l'excuse de mes petitesses, de mes manques, mes failles.

J'ai compris que j'avais péché. Heureusement, je n'avais rien évoqué du mensonge, enfin mensonge, ce n'est pas si sûr, qui avait embelli ma journée. J'ai recommencé à faire mes cartons. Mais cette fois-ci j'ai mis le Scotch. Puis, je n'ai pas pu m'en empêcher, j'ai téléphoné à Françoise.

C'est Franck qui a décroché, je lui ai très mal parlé, je n'ai pas dit bonsoir, seulement : « Est-ce que Françoise est là ? » Il m'a demandé qui j'étais, et j'ai dit que c'était personnel. Ma mère m'entendait, elle perdait l'ouïe.

— Françoise ? C'est Cécile. Je ne vous dérange pas ?

— Non, pas du tout. Qu'est-ce qui se passe ?

— Je voulais prendre de vos nouvelles... Ça va ? Pas trop dure la cohabitation ?

— Oui, oui.

Elle ne pouvait pas parler. C'était petit de ne pas avoir le courage de ses opinions. J'ai continué.

— Vous savez, Françoise, dans quelques jours vous ne vivrez plus sous le même toit, alors dites ce que vous pensez, n'hésitez pas, en plus ça vous fera du bien.

— Ça y est. Il a changé de pièce. Ça va. On ne s'est pas parlé à table. A un moment il m'a demandé de lui passer le sel, j'ai bien vu qu'il voulait recoller les morceaux.

— Ah.

— Oui.

— Et vous lui avez passé le sel ? En main propre ?

— Oui. Je ne me sentais pas de faire la sourde oreille.

— Et pourtant, vous connaissiez la superstition ?

— Laquelle ?

— Passer le sel en main propre ?

— Non.

— Eh bien, quand on passe le sel à quelqu'un, de main à main, sans le poser, on se brouille avec lui définitivement. C'est systématique.

— Ah bon ?

— Oui. Quel âge avez-vous, Françoise ?

— Quarante-deux ans, pourquoi ?

— Et à quarante-deux ans vous ne savez pas ça ?

— Non.

— Eh bien, il vous en reste des choses à apprendre. Je vous laisse. Je vous embrasse. Dormez bien. A demain !

Et j'ai raccroché. Elle était trop inculte, Françoise.

Au milieu de la nuit, j'ai été réveillée parce que les rubans de l'un de mes deux petits chaussons de satin blanc s'étaient dénoués. En plein grand jeté, ma pointe avait quitté mon pied et blessé le régisseur à l'œil. Je ne pouvais pas m'empêcher de rire, mais sa femme, qui avait monté le décor, avait l'air inquiet. Elle ne savait pas d'où avait plu le chausson.

Namar m'a demandé si je venais avec mon fiancé ce soir. J'ai dit oui, évidemment, mais il aura sans doute un peu de retard, il travaille beaucoup, vous savez ce que c'est.

Du haut de la tour, je regarde voler la poussière prise dans un rayon de soleil. J'écoute ce qui se dit à côté, je fais semblant de me concentrer. Je n'ai jamais réussi à travailler lorsqu'il est là. C'est lui ou moi. Pas les deux. Ça me déconcentre qu'on respire à côté. Et puis je ne peux pas gommer, et quand je ne gomme pas, ça s'embrouille.

Je suis malheureuse, voilà. Ce soir je dois retrouver mon amour, la soirée peut être décisive, mais je me sens mal. Je voudrais rester chez moi. Sous ma couette, devant la télévision avec Brutus et Cali. Je ne veux pas que Cali s'envole.

Je regardais donc la hauteur des tours, additionnant les étages de celle d'en face, lorsque Namar s'est approché. Il a posé sa main sur mon épaule en me demandant si j'allais bien. J'avais mal à Maxime. Je me suis retournée, et là, il m'a touché les seins. Comment avait-il pu refouler sa saleté pendant huit ans ? Il m'a dit que j'étais belle, et qu'il l'avait trouvé son petit présent de mariage. Il a pris ma main et l'a posée entre ses cuisses. Ça remuait là-dedans. Cali en plus dur. J'ai fermé les yeux. Je me suis laissé faire. Il a fermé le bureau à clef, il est revenu derrière moi. Il a soulevé ma jupe et m'a troussée contre le bureau sans lâcher mes seins. Après, comme ça ne suffisait pas, il m'a assise sur lui et il m'a giflée. Ensuite, il m'a mise debout sur le bureau et il a tourné autour de moi en tapant avec une règle l'intérieur de sa main gauche. Ma jupe était retombée, il m'a ordonné de l'enlever. Je me suis exécutée. Il m'a donné un coup de règle derrière les genoux pour que je fléchisse. J'étais fléchie, on aurait dit que j'apprenais à skier, le buste vers la pente.

Et là, j'ai voulu qu'il m'aime un peu, j'ai pris sa tête contre mon ventre, je voulais garder un souvenir tendre de cet ébat. Il m'a dit « A votre place ». J'ai plié davantage. Il m'a félicitée et est allé répondre au téléphone sur sa ligne personnelle.

Je n'ai pas bougé. J'ai pensé à un employé qui, de la tour d'en face, espionnait peut-être avec des jumelles, alors j'ai rentré le ventre pour avoir l'air bien foutue.

Namar est revenu. Il a dit : « Enlève ça. » J'ai ôté mes escarpins, et il a dit : « Je n'ai pas dit les chaussures, j'ai dit ça. » Il indiquait mes bas. Mais moi je ne voyais pas bien comment enlever les bas sans toucher aux chaussures. Je devais avoir l'air interloqué. Il a sans doute voulu dire « Baisse ça », il voulait que mes bas godillent sur chaque chaussure. J'ai soufflé d'aise d'avoir compris son désir. J'étais pliée mais je n'allais pas tenir encore longtemps. J'ai tendu au ralenti pour qu'il ne voie pas et il a susurré, menaçant : « J'ai dit, plie. » Et j'ai répondu : « Oui mais c'est dur. »

Comme le roseau plie mais ne rompt pas, j'ai continué de m'exécuter. Au moment où ça allait rompre, il m'a poussée en avant et je me suis retrouvée à quatre pattes. Il a dit : « Pas bouger ».

Mon poste a sonné. Il a décroché. C'était Maxime. Il a répondu que je n'étais pas dans le bureau mais qu'il me transmettrait le message. Un empêchement ce soir, c'est ça ?

Ça ne me faisait plus rire. Avec un feutre il a écrit quelque chose comme Salope sur mes cuisses, et il répétait ça, et ça lui faisait du bien. A un moment, j'ai senti que ma mort n'était pas loin.

Namar avait un déjeuner. Il m'a priée

d'aller accueillir ses invités au pied de la tour et de les lui amener. J'ai demandé combien ils seraient.

Enfin seule, j'ai pu rappeler Maxime. Il risquait d'arriver très tard ce soir. Si ça ne me dérangeait pas, on pourrait plutôt s'apercevoir la semaine prochaine. Je ne sais pas si c'est le mot *apercevoir* ou le vouvoiement, mais j'ai compris. J'avais compris depuis le début. J'étais sympa, mais peut-être pas tous les jours quand même. J'ai dit à Maxime que je préférais qu'on s'en tienne là, il a répondu qu'il était content que je le prenne comme ça. Alors j'ai dit : « Tout est pour le mieux », je l'ai mis à l'aise. Nous nous sommes quittés.

Sous mes ongles ça saignait un peu. En tombant, je m'étais mangé la boîte de punaises.

Dans le réfectoire, on parlait beaucoup de la soirée. Je me suis assise en face de Françoise. Quand je suis passée devant la table des commerciaux, il y en avait un qui a crié Salope à une fille qui me précédait, elle a éclaté de rire. C'était un jeu entre eux. Et j'ai rougi. Je n'aurais eu qu'à soulever ma jupe et il aurait vu qu'il ne fallait pas plaisanter avec ces mots-là, ils se gravent à jamais.

Françoise avait l'œil glauque, elle mangeait un cassoulet.

Elle est tellement laide, cette femme, devant son cassoulet Elle doit le faire exprès pour me dégoûter. Si elle ne me voulait pas à sa table, elle n'avait qu'à le dire franchement, et pas vomir comme ça dans son plat. J'ai mangé des carottes râpées et j'ai laissé le poulet pour montrer que, moi, j'étais mince.

Et puis Françoise s'est mise à pleurer, les coudes de chaque côté de son auge. Sa mèche pendait au-dessus. C'était effroyable. Son nez coulait, dans sa gorge il devait y avoir encore un haricot coincé qui bloquait le flux normal, alors elle hoquetait. J'ai failli lui demander d'aller immédiatement dans sa chambre.

Je lui ai dit :

— Françoise. Ne pleurez pas... Et mangez.

— Je ne peux pas. Je ne peux pas...

— Eh bien, alors rapportez votre plateau, et suivez-moi, nous allons prendre l'air. Venez.

Dehors, elle traînait les pieds. Je lui ai proposé de faire un tour de manège et elle a dit Non.

— Non merci, s'il vous plaît Françoise.

— Pardon, a murmuré Françoise en collant ses débris contre moi. Comment je vais m'en sortir ? Comment je vais faire, Cécile ?

Je n'en savais rien, moi. J'avais mal aux ongles.

— Quittez-le, Françoise. Quittez-le.

— Mais je ne peux pas.

— Pourquoi ?

— Je n'ai que lui, je n'ai rien d'autre, je ne sais pas où aller.

— Vous avez un travail, vous louerez un appartement. Vous vous en sortirez. On ne vous a pas violée.

— Pourquoi dites-vous ça ?

— Pour vous aider. Tout ira bien. Mais quittez-le ce Franck.

— Françoise et Franck, ça allait bien ensemble, non ?

— Comme prénoms ?
— Oui. C'est comme Dominique et Dominique, Jean et Jeanne, ça rassure.
— Allez... N'ergotez plus, rentrons, allons dans votre bureau. Je vous tiendrai la main pendant que vous l'appellerez.
— Vous feriez ça ?
— Bien sûr.

Françoise a ouvert la porte de son bureau. Dessus, il y avait un bouquet de roses rouges, et un mot épinglé. Elle l'a pris, l'a lu et a dit :
— Je ne vais pas téléphoner, je crois. Je vais pardonner. Ce sera la dernière fois. Excusez-moi, Cécile, je vais pardonner.
Je lui ai fait un bisou, mais le cœur n'y était pas. Elle a souri.
En retournant dans le couloir je me suis essuyé la bouche, et dans l'ascenseur j'ai retrouvé Namar et ses invités. J'ai regardé mes pieds. Il m'a frôlée en descendant. J'ai pensé que, dès que les invités seraient partis, je serais de nouveau seule avec lui dans le fin fond du trentième, et je me suis mise à trembler.
J'ai téléphoné à Maman pour lui dire que j'arriverais ce soir. Elle a compris que ça n'allait pas. Je l'ai suppliée de ne pas me parler de la broche, je la mettrais pour une autre occasion. Elle m'a demandé de ne pas

m'inquiéter, mon père viendrait m'attendre au train.

Namar est entré et s'est enfermé dans son bureau. Il m'a téléphoné pour me réclamer le compte rendu de ce matin. Il n'y avait pas eu de réunion ce matin, rien de neuf, seulement le courrier, les rendez-vous, les conversations avec les clients.

— Je ne vous ai pas accompagné au déjeuner, ai-je dit à Namar. Je crains de ne pouvoir rédiger quoi que ce soit.

— Hein ?

— Je n'ai pas déjeuné avec vous, monsieur, je vous le rappelle.

— Et tu m'as pas bouffé peut-être ?

Quelle horreur. Cet homme est abject. Il dit bouffer pour parler de mes baisers, c'est ça ?

— Alors tu racontes ce qu'on a fait ce matin. Et plus vite que ça.

— Ce que vous m'avez fait ?

— Qu'est-ce que tu insinues ?

— Rien, monsieur, rien du tout.

— Et tu n'oublies rien.

— Oh non, monsieur, je n'oublierai rien. Je parle aussi du ski ?

— Pardon ?

— Je me débrouille.

— Je veux ça dans vingt minutes.

— S'il te plaît mon chien ?

— Fais attention, Cécile. Fais très attention
— Oui, monsieur.

J'ai écrit mon compte rendu.

Il y a trois heures à peine, alors que, rêveuse à la fenêtre de son bocal du trentième, Cécile Valette comptait la poussière, M. Namar, Sylvain de son prénom, s'est approché. Ils ont fait l'amour contre le bureau, sur la chaise, puis sur le bureau. A un moment, Sylvain Namar a voulu voir de plus près les jambes de Cécile Valette. Il l'a priée de bien vouloir ôter ses bas mais de conserver ses chaussures. Ce qu'elle a fait, en pliant sur ses jambes et en rentrant le ventre pour le plaisir des témoins d'en face s'il s'en était trouvé. Après, Sylvain Namar a signé au Bic noir, sur ses cuisses, et il est parti déjeuner avec trois hommes tandis que Cécile Valette retrouvait Françoise Dubreuil au réfectoire.

J'ai frappé. Il m'a fait entrer. Il fumait un gros cigare, et se servait du cadre contenant la photo de sa femme comme cendrier.

— J'ai fini, ai-je dit.

— C'est bien. Assieds-toi, et tais-toi.

Je me suis assise et je me suis léché un ongle.

— Tu aurais dû mettre plus de détails.

— Quel genre de détails ?

— Le plaisir, la douleur, la peur. Tu as eu peur, hein ? Je t'ai fait peur ?

— Oui.
— Oui qui ?
— Oui, monsieur.
— Déshabille-toi.
— Je dois garder mes chaussures ?
— A ton avis ?

Je me suis mise nue, il a éteint la climatisation, et m'a demandé de m'asseoir sur la terre de sa plante verte et de m'en couvrir le corps. J'ai pensé à mon soin de peau. Ce n'était pas idéal.

— Et maintenant, tu aboies. Aboie, allez, aboie !

J'ai dit Ouaf. Il m'a accusée de ne pas savoir aboyer convenablement. Je me suis permis de répondre que je n'avais pas précisé sur mon curriculum vitae que je maîtrisais l'aboiement.

— C'est un gentil pitbull ça, gentil, lèche ma main.

Je ne sais pas s'il avait bu à midi, mais il n'était pas comme d'habitude.

— Donne la patte, donne ta papatte. Mets ta papatte sur mon épaule. C'est bien. C'est un brave toutou ça, c'est un gentil Cécilou ça. Allez, maintenant, saute dans le cerceau.

Il appelait cerceau le pied d'une table de conférence située au milieu de son bureau, soutenue en effet en son centre par un rond creux. Je me suis donc accroupie sous la table et j'ai sauté de l'autre côté. Il m'a tendu un sucre. J'ai dit que je ne préférais pas pour ma ligne. Alors il a enfoncé ses doigts dans ma gorge.

Nous avons été interrompus par le téléphone. Il m'a demandé d'aller répondre. Et pendant que je parlais, il m'a griffé les épaules avec le bord d'une feuille. Et le lobe de l'oreille aussi. Il a arraché le papier sur lequel j'inscrivais le message, l'a déchiré, et l'a mis à la corbeille.

Lorsque j'ai raccroché, il s'est assis :

— Oui Cécile ? Je vous écoute... C'est important ?

— C'étaient les Allemands, monsieur. Vous devez rappeler M. Schmidt au 0...

— Oui ?

— C'est noté sur la feuille que vous avez jetée.

— Vous n'avez pas noté le numéro ?

— Si mais...

— Vous n'avez pas noté le numéro, c'est ça ?

— Non, monsieur, c'est vous qui...

— C'est moi qui quoi ? Dehors Cécile ! Dehors !

J'ai ramassé mes habits et je suis sortie.

— Voulez-vous que je ferme la porte ?

Il n'a rien répondu.

Je n'avais jamais voulu entrer dans le jeu des midinettes de l'ascenseur en crise permanente avec leurs supérieurs, mais là, c'était trop injuste.

Il est venu dans mon bureau, habillé d'un survêtement. Il lui arrivait parfois d'aller courir après le déjeuner. Françoise est entrée en même temps avec un paquet de photos que je lui avais réclamées en prévision d'une fête surprise organisée pour Namar. Il a fait son charmant :

— Je vais courir au bois. Avez-vous besoin de quelque chose, mesdames ?

— Rapportez-nous donc des fraises des bois, ai-je proposé.

— Et quelques glands ! a crié Françoise alors qu'il était déjà dans le couloir. C'est vrai, j'en mets toujours dans mes pots-pourris, ça les conserve, m'a-t-elle expliqué.

J'avais remis ma jupe à l'envers, elle m'a suggéré de la retourner, et elle m'a regardée bizarrement, et là j'ai aboyé :

— Quoi ? Qu'est-ce que j'ai ?

— Rien, Cécile, rien voyons. Vous allez bien ?

Le téléphone a sauvé notre amitié. C'était Papa, forcément, deux heures après Maman, pour faire comme s'il n'était au courant de rien, mais quand même, on ne sait jamais, une fille, ça peut se pendre entre midi et deux. J'ai parlé gaiement, je voulais qu'on me laisse tranquille. J'avais encore le temps de changer d'avis d'ici ce soir, j'avais tout le loisir de rater mon train.

J'ai regardé dehors, je sentais des mains juste derrière moi, je me suis retournée, il n'y avait personne. Namar courait toujours.

Je me suis assise mais sur le siège aussi il y avait des mains, et puis sur le bureau, il y avait des traces de, enfin, des traces. J'ai feuilleté mon cahier de textes. Au-dessus de la ligne remplie par Soirée Mac Namar Inc au Trafalbar était inscrit : libérer Cali. Alors là j'ai pleuré. Et ça a fait revenir Namar.

— Que vois-je là ? a-t-il demandé. Sont-ce des larmes ?

— Non.

— Menteuse. Tu sais ce qui leur arrive aux menteuses, hein hein hein, tu le sais, sale pute ? Je les baise, les menteuses.

— C'est seulement mes yeux. C'est indépendant.

Il a relevé mon menton avec sa main et, là, j'ai bien senti que j'allais m'en prendre une, et j'avais bien senti. Mais pas autant qu'après. Enfin, au moins j'ai arrêté de pleurer, et il m'a félicitée. Puis il a dit : « Embrasse ma main. » J'ai commencé à trouver ça pénible mais je me suis exécutée. Il a dit : « Maintenant, change-moi. » Je lui ai retiré son survêtement, et quand il a été tout nu, il a pleuré à son tour en répétant que sa femme était une garce. Elle s'en était vite remise de son accouchement. J'ai compris qu'elle avait fauté et que ça l'avait rendu fou. Ça m'aiderait à pardonner. Et si le bébé était d'un autre ? Je me disais bien aussi, sur la photo du faire-part. Sans vouloir m'immiscer. Quand j'ai eu fini de me rhabiller, j'ai demandé si je pouvais rentrer chez moi. Il m'a conseillé de m'approcher. Il m'a giflée, et a dit, en ouvrant le journal : « C'est tout ce que mérite une tire-au-flanc. »

J'ai pris mon manteau, mon sac et mes souvenirs, et j'ai quitté Mac Namar Inc.

J'avais emporté Brutus dans mon bain. Il marchait, funambule, sur le bord de la baignoire, et j'entendais Cali célébrer mon arrivée depuis la cuisine. Je me sentais en sécurité chez moi. Tout à l'heure, je rouvrirai les cartons. J'avais désinfecté la salope, je frottais ses blessures au gant de crin.

A l'heure qu'il était, mon père devait m'attendre à la gare. Il patientait, glacé, inquiet, sur le quai vide à présent. Il regarderait se vider d'autres trains. Il ramènerait peut-être une autre fille à la maison, et Maman n'y verrait que du feu.

Je me suis préparé à dîner. Tant d'amour ouvre l'appétit. J'ai mangé, à même la planche en bois du coffre à jouets du placard, du jambon et du pain. Et puis je suis allée chercher Cali. Je n'ai pas eu le courage d'ouvrir sa cage. Il faisait froid dehors, et puis j'avais besoin de lui et personne n'y pouvait rien.

J'ai composé le numéro de Maxime, et j'ai

raccroché tout de suite. J'ai enfilé ma robe rouge, la noire, et la verte par-dessus. J'ai étalé le maquillage sur mes mains et sur ma figure, et je suis descendue dans la rue avec ma cage à Cali. Je me suis assise sur un banc, et j'ai regardé les gens passer. Il n'y avait presque personne, ils étaient tous déjà au Trafalbar. J'ai levé les yeux pour contempler les étoiles. C'était une belle nuit noire et froide. J'ai demandé à Cali s'il voulait s'en aller et comme il n'a pas répondu, j'ai pris son silence pour un refus.

Françoise et Franck devaient être couchés devant un bon film, main dans la main, le cœur léger. Ils avaient mangé des huîtres pour fêter leur réconciliation, ils avaient bu du champagne, et elle cuvait en digérant sa trahison.

La feuille de laitue flétrissait dans l'arrière-gorge du cadavre de Maryse.

Namar était rentré chez lui. Sa femme ne lui avait pas dit bonsoir, elle rangeait ses dernières affaires. Il l'a regardée faire sa valise, il a essayé de l'amadouer, de lui jurer qu'il changerait, qu'il ne la laisserait plus seule, il avait compris. Elle lui a dit que c'était trop tard. A présent, c'était elle qui avait quelqu'un. Il s'est servi un whisky devant la fenêtre, et il a failli sauter. Elle s'est approchée de lui, une valise dans chaque main, la sienne, celle de ses enfants. Il s'est retourné et elle a dit que c'était mieux comme ça. Il a baissé les yeux et l'a laissée partir. Il a regardé s'éloigner le taxi en bas.

Rosine était revenue du ski, elle s'étalait des crèmes pour ne pas perdre son bronzage, et disposait des sachets de lavande dans l'armoire de ma filleule pour que ça sente bon le matin. Bruno jouait à la Bourse sur son ordinateur. Tout à l'heure, elle viendrait se coller à lui pour recevoir son dû.

Papa m'attendait. Il cherchait des yeux un téléphone pour prévenir Maman de mon absence. Elle finissait d'arranger ma chambre, elle m'avait déjà monté une bouillotte.

Il a mis du temps à la joindre, il avait placé sa carte à l'envers. Elle lui a dit de rentrer sans plus tarder, je ne viendrai pas, mais j'aurais pu prévenir.

Elle a téléphoné chez moi, elle avait préparé sa voix, tendre parce que je dois aller bien mal pour me conduire ainsi, Gretchen, et sévère parce qu'il ne faudrait quand même pas que je me laisse aller. Mais moi, j'étais sur le banc, en bas, et je pensais à elle.

Une voiture de police a ralenti devant moi puis redémarré. J'aurais bien aimé qu'ils m'arrêtent et me conduisent au poste pour la nuit. Ça devait être bien de ne pas dormir seule. J'aimais, quand j'étais petite, entendre le bruit de la machine à écrire de Maman, préparant ses cours. Et le bruit des pas de Papa, l'odeur de son tabac, ses gros mots parfois, si quelque chose lui échappait. J'aimais bien la lumière crue du néon de la salle de bains qu'on me laissait allumé pour que je dorme plus vite. La vie était une chambre froide, on laissait la porte ouverte pour la nuit. Cette lumière, cette lumière crue, blanche et froide. Demain, en éteignant, on refermerait la porte pour bien la conserver, à l'intérieur, la vie.

J'ai déjà pensé m'installer dans une maison de retraite aussi. Je m'entends bien avec les vieux, et quand je m'applique, on peut me donner leur âge. A mon arrivée à Paris, une tante de ma mère m'a souvent invitée à déjeuner dans son hospice, mais elle est retournée à Lyon, alors maintenant c'est Maman qui déjeune avec elle.

J'aimais bien aller là-bas, j'en ressortais remuée, à la fois attendrie, généreuse, et secouée dans mes féroces profondeurs. C'était une société microbienne, par sa taille et sa qualité. Comme partout ailleurs on disait du mal du voisin, on en voulait au monde entier pour ce qu'on n'avait pas su faire, on lorgnait avec jalousie ou frayeur le mal de l'autre, plus léger ou plus pesant. Et puis surtout, il y avait dans l'ascenseur une musique qui rappelait celle des bateaux de plaisance. A chaque fois que je montais chez elle, c'était comme si je partais en croisière. On trompait le monde en lui chantant de doucereuses mélodies. Sur le quai, je faisais escale. Elle m'attendait, *oléolé*, dans sa marinière rouge et blanche, la jupe très courte, les bras nus recouverts de taches, un turban noué pour cacher ses cheveux, et les yeux entourés de noir, relique d'un passé dissolu. On buvait du thé, on mangeait des sablés, on regardait des photos, et on laissait dessus des traces de miettes.

Du même auteur :

Le Grenier, Editions Anne Carrière, 2000.

Composition réalisée par JOUVE

IMPRIMÉ EN ESPAGNE PAR LIBERDUPLEX
BARCELONE
Dépôt légal éditeur : 30913-03/2003
LIBRAIRIE GÉNÉRALE FRANÇAISE - 43, quai de Grenelle - 75015 Paris.

ISBN : 2 - 253 - 15448 - 2 31/5448/1